新・日本現代詩文庫 31

新編 高田敏子詩集

土曜美術社出版販売

解説 伊藤桂一・久冨純江

新・日本現代詩文庫　31　新編 高田敏子詩集　目次

詩集『にちよう日／母と子の詩集――小さな淳に』より

詩集『藤』より

詩集『愛のバラード』より

詩篇

未刊初期詩篇より

宇宙の滴りをうけて

南風は海の匂い
光の波はゆれ
空　翡翠の鐘をならす
昆虫のつやめく触角

ここに私の命がある
傾斜した地に堪える私がいる
疲れた指をのばして
宇宙の滴りをうけよう

私の青い発芽
つる草がのびる

オレンヂ色に澄んだ血が
細い茎をかけのぼり　かけのぼり
小さなランプの花をともす

蝶よ　お前は笑わないこの私の花を
白い翅をよせて
らせんの唇

雨雲のひろがる夜も
私は白い翅の臥所《ふしど》に眠り
宇宙の音楽に耳を澄まそう
明日の日の新しい発芽のために

浅春譜

眠り薬を買ったのは十八のときであった。それは

「ニコニコ薬局」と筆太にかかれた店であった。

私は翌日から元気に立働いた。部屋をたんねんにふき清め、水を流して洗濯もした。部屋に入ると母の足袋などつくろいながら引き出しの奥をのぞくのであった。

そこには買いためた眠り薬の黄色い小箱がタンポポのようにならび、私は幼稚園の遠足を思ったりした。

死を手近におくことによって、私は生をもまた新しくとらえだした。着なれた服、食べなれた食事、古ぼけた小机、私のつつましい生の一致をそこにみいだした。

私はオルゴールを聞き終るような優しさでそれらをうけとった。

ある夜、小猫がしきりにじゃれつくのをせいしながら風呂場の戸を閉した。体のすみずみまで愛しんで洗い、鏡にうつる裸体をはじめて美しいとながめた。と、そのとき誰かの呼び声を聞いた。窓を風のように過ぎる気配を感じた。

私は濡れた髪をたばね外に出た。道は川にそい、橋につづく。

私は駆け、いつもそこにたたずんでいる少年にはじめて近づいていった。しかし彼は上気して近づく私を不思議げにみやって立ち去っていった。

そのまま橋に人影はなかった。けれど呼び声をきいたのはたしかである。

薬はそのまま古びていった。

泉

悲しいとき——
なぜ思いだすのだろう
牛飼いの少年を——

あれは南国の田舎道
少年は柄の長い杓子を肩に水牛を追っている
陽は水牛の角を灼き　背を乾かし
水牛の歩みが止まると
少年は杓子に小川の水を満たすために駆けてゆく

遠く　逃れてきた街の方向に
爆音は重たげに鳴り
熱風の吹きつける牛車の上には
少しの家財と　子供と私
この小家族を運ぶ水牛は
わずか一杯の水が背にかけられると
また　ゆつたりと歩きだす

砂糖きび畑に水田　竹林の間をいくまがり

いま
野生のくだもののように匂いたつのは
いのちの優しい息づきだ
水牛の太くて気弱な首すじ
そして私によりかかる子の小さな手
はるか白鷺の飛ぶ山裾には
やがて着く部落の屋根

この平和な部落に逃れてきて
昨日までの記憶は一枚の戦争画

青い空に私はパラソルをひろげる
少年は
光る泉をみつけて駆けてゆく

詩集『雪花石膏《アラバスタ》』より

雪花石膏《アラバスタ》

雨雲のたらすにぶい圧力
体臭に染まつた空気
風は皮膚に止まつて動かない

一瞬　閃光にひかる森
その果てに
私の視線は吸われる

熟れた花弁にゆれる静脈
ほてつた指を組んでも流星は落ちない
夜の爪に　体を裂き

私のさぐる骨片
わずかに
青い霧をふく私の雪花石膏《アラバスタ》
私はそれにすがる
血管をからませ
雌蕊のように乳房を咲かせる
ざわめく髪をまとめて
余分の風景を焼こう

小魚

待つても待つてもあなたは来ない
さきほどまで柔く地上を濡らした雨が
静かに凍てて結晶する時刻

いますべてのものが透明に
私の坐るこの小さな家も屋根も
その上に星色の気流が流れる
地球はいま重量をうしなつて浮き
私はあなたの足音を聞いた
それは私の心の芯にむかつてせまり
しばし森のつめたい樹液の中でためらう
私が呼ぶとあなたはまたたく
あなたの眼差しが暖い手となつて
すべての上におかれる

私は青い海底に立ち
私の髪は暖流にゆれる
耳たぼに無数の水玉がはじけ
私の言葉は白銀の小魚となる

仮睡にも似た時間が過ぎると
地球は再び重くきしみ
暗い夜の手に私を送りこむ

私の一度離した小魚は
私の周囲を泳ぎ廻り
私はそれを捕えることも
忘れることも出来ない

鏡

朝の鏡に　私は淡い灯をともす

ひるの鏡に　私は憩いの湖水を探す

夕べの鏡に　私は汚れた手を映す

深夜の鏡に　私の瞳
開かれた瞳孔の奥までみつめ
そこから私は出発する
生でもなく　死でもない
茫漠とした曠野の中に

私の魂はカシオペヤの星座の下に
あやしげにも
はばたく蝶

詩集『人体聖堂』より

不吉な港　II

私はさがす
私の右手　右腕　右脚の私の半身
遠雷が鳴るように
おまえのうめきが聞える
それは砂丘のむこう
デルタの岸にあえいでいる
おまえの声

私はおまえをいつ見失なつたのか
混濁の河をともに流れ
いま　私がすわるこの海底
沈黙の巻貝　生物の死骸
赤錆びて沈む船
この静寂のきわみの中で
期待のようにゆれるくらげの触手
ここに新たな祈りが
はじまろうとするのに
私をひき裂いたものは誰だ
白い肋骨の間からは
やぶれやすい心臓がはみだし
開かれたままの傷口には
海蛇がはいより
奇形な半身をあざ笑う
おまえはどこにいるのだ

●

港は煤煙にくもり
起重機の腕が虚空をさぐる

動揺する世界の果て
喧噪の岸壁に
疲労の肩をよせる
私はいつとり残されたのか
港の波にもまれ
重油まみれのどろどろの右半身
ビショップの環をかけた太陽が沈むと
異状に冷える右脚を泳がせて
私は仮睡の砂丘をさがす
だが　ここはデルタの港
コンクリートの海岸線

桟橋にドラが鳴る
ぶらじる丸
航路はホノルル　ブエノスアイレス
移民船の白いデッキに
ちらりとおまえの幻影をみたのだが

この一本の腕では
船腹にとりすがることもできない

潮にゆれる不眠の夜
からっぽの肋骨の間を
年老いた蜘蛛が巣をかける
悲しい蜘蛛よ
まだ生きていたのか

人体聖堂

風に追われ
人間くさい両手をかかえて
今日も私はかえってくる
この聖堂に
祈るためではない

あの高窓からみつめる
静かな瞳とかたるために

〈窓よ
おまえがのぞく天の
星の言葉をつたえておくれ
おまえがみつめる都会の
地図の鼓動を聞かしておくれ〉

肋骨のアーチの下は
からつぽ
十字架も
弥撒壇も
ピエタの壁画もない
この人体聖堂
私の血管がそめる
よごれた唐草模様の壁紙と

こわれたオルガンの心臓

いぶし銀の窓は
なにも語つてはくれない
煙霧の底におまえまで
沈んでしまつたのか
巻きつく蔦の葉が
ステンドグラスをおおつてしまつたのか
黄と青と燃える赤との幻覚を
氷地をいろどる極光を
もう映しだしてはくれない

〈薄明の窓
ソコヒの眼よ
明日をあたえもせず
もぎとりもしない〉

私はさまよい歩く
反響もない聖堂の床を
そして破船のように指をおく
こわれたオルガンの上に

囚われた肉を焚こう
肉を焚けば
私の白い骨は
やがて
細い十字架となつて残るだろう
この聖堂の暗がりに
すこしかたむきながら

詩集**『月曜日の詩集（わたしの子どもたちに）』**より

春日

花壇の前で
赤んぼを肩からおろした妻が
おべんとうをひろげている
おや　手を振って呼んでいる
光の下で見る妻は
ふるさとの町ではじめてあったときの
若い娘っ子のほっぺたをしている
かけぬける一年坊主の後から
夫はゆっくりと歩いてゆく
「帰りにデパートによって
　あれのブラウスでも買うかな」

窓辺

山あいの小さな駅では
きょうも弟が上り列車に
手を振っているだろう

枝先にふくらんだ若芽が
なんだかはじらって見えるのは
私がまだ都会になれないためだろうか

新しい職場　新しい生活
不安と希望がいりまじる心は
ともすると
スモッグの空をこえて
はるか　ふるさとにむかって
話しかけている

仲よし

電車のなかでは
となりの赤ん坊に笑いかけ
うちでは
眠りからさめたばかりの
孫を抱きあげる

ながい人生をすぎてきた
おばあさんの心には
たくさんの愛が満ちているので
ことばや　ほほえみになってこぼれ落ちる

なんでも知っているおばあさんと

なんでも知りたい赤ちゃんは
きょうも
のどかな散歩をつづけている

朝の道

手をつなぐ
妹がすごくかわいい

ランドセルはパパが買って
洋服はママが縫って
——私のときとおんなじ……
あのときの喜びまでが
小さな手のひらから
つたわってくる

私の通いなれた道を
こんどは妹のゆくばん
風にのって校庭のざわめきが
もうきこえてくる

ぶらんこ

雲をける
風をきる
光のしまをつきぬける
ぱっとひらける視野！
　生けがきのむこうに
さっきおこったばかりのママが
ミシンをふんでいる
鶏小屋のうしろに
タンポポが咲いている

空の手に抱かれるたびに
少女の眼はステキなものを
とらえる

子どもの背たけが
すくっと　のびるのは
こんなときではないかしら

八月の真昼

あの日
私はあなたをおぶって
つめたい水をくんでいた
あの日
祖国から切り離された台湾の田舎では
太陽がおそろしいほどに明るく
水田には白サギが舞っていた
あの日
おとなりの林《リン》おばさんが
私の水おけに手を貸しながらいった
「これから　私たちの生きるとき!」

娘よ　宿題は終わりましたか?
かあさんの心には　あの日の宿題が
まだ残っているのです
まちに　人があふれ
ネオンがいくらかがやいても
やっぱり　残っている私たちの宿題
それで　真昼のかげりのように
ふっと　暗さに落ちこむのです

水の上の人たち

むかし　川のほとりで育った私は
舟の上で暮らす子どもたちと
なかよしだった
大声で呼びあったり
手まねで話しあったりした
あるときは
舟出する友を橋の上から見送り
おわかれのキャラメルや
赤いリボンを投げたりした

月日の流れをよそに
川はきょうも　ビルの谷間に
さびしい家族を浮かばせている
子どもたちは　やっぱり
舟ばたをかけまわっている
かげりやすい小春日の陽の下で

看護婦さん

病院の窓はさびしい
ガーゼがほしてあったり
ぽつんと　ハチ植えのすみれが
風にふかれていたり
心配そうな顔が
空を見ていたり

でも看護婦さん！
あなたの姿がみえるとき
窓は急にあかるくなる

あなたは春の光そのもの
病室から　病室へ
希望という芽を育ててゆく
あなたはあかるい光の人……

しあわせ

歩きはじめたばかりの坊やは
歩くことで　しあわせ

歌を覚えたての子どもは
うたうことで　しあわせ

ミシンを習いたての娘は
ミシンをまわすだけでしあわせ

そんな身近なしあわせを
忘れがちなおとなたち
でも　こころの傷を
なおしてくれるのは
これら　小さな
小さな　しあわせ

渓流

秋草のしげみをぬけて
ぶどうの実をついばんで
水辺におりてきた小鳥？

いいえ　私の娘は
とても身軽に
渓流を渡ってゆく

一点の影もない光をあびて
おいしそうに水をのむ

あなたは　やっぱり小鳥
にぎやかなさえずりを残して
私の手から　やがて
飛びたってゆく　小鳥

子守うた

ジングルベルの町からぬけて
ふとたちよった公園で
子守うたをきいた
背中の赤ちゃんは
お日さまにうす目をあき
そしてまた　まぶたをとじる

子守うたは
日なた道をひろい
木立ちの間を縫って
流れてゆく
枯葉をふるわせて　まだ
眠りきれずにいる木々たちにも
歌いかけるように

ペンギン

ペンギンは
空を見ていた
クチバシをかしげて
のびあがって　空を見ていた
子どもは

ペンギンと同じように空を見た
空には飛行機も
アドバルーンもなかった
ペンギンはやっぱり
空を見ている
飛べないつばさをふりながら
とてもとても遠い彼方を

電話

町で赤い電話機をみかけると
ダイヤルを回してみたくなる
「モシモシ　お会いしたいの」
でもあの人のオフィスは
いまがいちばん忙しい時刻
仲よしの友は
食事の支度に追われているだろう
ほかに　心の電話帳には
書きとめているナンバーもない
受話器に笑いかけている
ひとたちをながめながら
人恋しい夕ぐれを　ぬけてゆく

詩集『続月曜日の詩集』より

日盛り

日盛りを
木かげにさけてたたずむ
道は　強すぎる光に静まり
ゆきかう人影はあるのに
なぜか　もの音はとだえていた

八月というこの月
あの終戦の日の静寂が
心によみがえる

目の前を少年が通る
ぱっと笑顔がむけられ
なにかいったようなのに
やはり声は聞こえなかった
ただ　耳鳴りのように
セミの声だけがつづいていた

秋の日

娘を嫁がせたあと
秋は急に深くなった

庭の忘れていた柿の実の
紅の色が目につきはじめ
どこかで弾くピアノの音が
モクセイの香を運んできたり

縁側で針をはこぶ

老いた母の背も小さく見えて
やさしい言葉をかけたくなる
　お母さん
　糸をとおしましょうか
　お母さん
　クリをゆでましょうね

馬の目

馬はゆっくりとマグサを噛んでいた
私は脚の間を素早くくぐりぬけた
馬はふりむいて
いたずらっ子をながめた
転げたマリでも見やるように
荷馬車の老いた馬だった

汗が腹や首すじに光り
大きな黒バエがむらがっていた
馬はヒヅメを鳴らしては
じっと私を見つめていた
戦線にむかう貨車の上から

朝つゆにぬれた草を
馬は　美味しそうに食べていた
私ははじめて馬に触れ
そのタテガミをなでてみた
馬はふりむく
その澄んだ目はやはりさびしそうだった
この平和な牧場にいても

飾り鳥

ニューギニアか南アメリカ
そんな奥地の密林に　かざり鳥という鳥がいると
むかし　生物学の本でよんだが
あの鳥は　いまもいるのだろうか
その挿絵には雄鳥が首を空にのばして
優美に踊っている姿があった

恋の季節になると雄鳥はいそがしい
熱帯樹の間を縫って
赤い木の実や　匂う花をあつめはじめる
遠い河床からは　光る貝がらや　青い縞目の小石
　など も探して来て
愛の巣をかざるのだ

巣の前の広場は　草をぬき　羽をばたつかせて掃
　除する
ここにも花や貝がらをかざる
極楽鳥の羽などを拾ってきた　小粋に肩にさした
　りするのは
彼のせいいっぱいのお洒落だそうだ
そして　静かに踊りだす
踊りは次第に熱を帯び
嘴を空にむけてさえずりだす
木苺ほどの心臓からほとばしる恋の唄は
木間もる光の縞目を駆けのぼり
密林のぽってりした葉をわたる

誘いだされた雌鳥は
梢から下枝に　ためらいながら下りてくる
そして草むらに身をひそめ
小首をかしげて見いるのだが

とうとう　いっしょに踊りだす
踊って　踊って
踊り疲れて愛の巣に導かれる

これは書物でよんだ小鳥の国の話だが
花嫁は彼の小粋な姿や
美しい巣にばかり魅せられたのではないだろう
彼女はきっと　草むらの間から
じっと見ていたに違いないのだ
陽気に踊る彼の嘴が
ささくれて傷ついているのや
その羽が土に汚れて切れているのを

詩集『にちよう日／母と子の詩集――小さな淳に』
より

小さな言葉

髪も少なくなって
話すことも少なくなって
からだ全体が小さくなってしまって
茶の間に坐ったまま
風の音でも聞いているのかしら？

そうした母の背に　私は
ノックでもする思いで言葉をかける
「お母さん　お早う」
「お母さん　よいお天気ね」
「お母さん　お新茶をいれましょうか？」

「お母さん　おいしくって?」
町を歩いてもアメ玉ぐらいしか思いあたらない
老いた母へのおくりものは
日々のこんな小さな言葉

さくらんぼ

たった一つの
さくらんぼ
食べるにおしい
さくらんぼ
お母さまに　あげましょか
それとも胸にさげましょか
いいえ　お庭に埋めたなら
芽がでて　葉がでて
木になって
お庭いっぱい花ざかり
大きな　さくらになるかしら

たった一つの
さくらんぼ

おとうふやさん

「オトーフヤサーン」
塀《へい》の外にむかって呼びかける
急いで器をとりだして
小銭を持って　もう一度
「オトーフヤサーン」

トランペットのようにラッパを吹いて

サイクリングみたいに自転車を走らせて
若者はもう小道の曲り角
その後姿を追いながら　また
呼びかけたりする
でもたのしいことだ
こんなに大声で人を呼べるなんて
少女は筆箱を鳴らしてかけてゆく
「タローサアーン　マッテ!」
私たちおとなはもう呼べなくなった
なつかしい人の後姿を見かけても――

でもでも
どこかのおくさんも呼んでいる
「オトーフヤサーン」
夕陽の道
少女のようなあかるい声で

丘

「墓地を買いませんか」
友人がいった
墓地を買うなんて
私はまだ一度も思ったことはなかった
「丘の上の海の見えるところです」

カモメがとんで　波がくだけて
島がよいの汽船が見えて
むかし　そんな丘に住みたいと思った
夢二の絵のように坐って
レモンティーを飲みたいと願った

――そう　レモンティーはさぞおいしいだろう

「生もたのし　死もまたたのしです」
友人は
引越しの日をたのしむようにいった
そして最後につけくわえた
「必需品ですよ」

新緑

「あなたが小さかったとき……」と
長女の話をすると
「ぼくの小さかったときは?」
息子がきく　息子の話にうつると
次女が待っている

みんなかわいい赤んぼだった
みんなかわいい子どもだった

いたずらしたり　おしゃまだったり
熱をだしたり　小さなケガをしたり
笑って　心配して　月日はすぎた

緑葉のむこうの隣の家
そのむこうに立ちならぶ家々でも
母と子が話しあっているだろう
さやさやそよぐ緑葉のように
優しい会話を
くりかえしているだろう
この日　母の日

詩集『藤』より

藤の花

きものの色が
少しずつ地味になってきたように
料理も淡白なものが好きになった
「恋」という言葉も　もう派手すぎて
恋歌も恋の詩も書けなくなった
書けなくなったころから
古い恋うたのこころがわかり
私の恋もまた　深く　ゆたかに
静かに　美しいものになっていった
藤の古木が　千条の花房を咲かせるように。

花によせるソネット

リンゴの村は花盛りだった
私の愛する人は　山のむこうにいた
話しかけようもないので私は
カメラばかりを花にむけていた

花はさびしい顔をうつむけていた
ミツバチは農薬のために姿を消して
花は匂いたつことを
恥じなければならなかった

花はしかし実らなければならない
花は交配されるだろう　農夫のふしくれた手によって

かつて私がみごもったように　私が子どもを生んだように――

花はしかし待ちつづけるだろう　ミツバチの羽音を
私がなお愛する人を待ちつづけたように
私はあした山を越すだろう　このさびしい花の姿を愛する人に伝えるために

別の名

ひとは　私を抱きながら
呼んだ
私の名ではない　別の　知らない人の名を
知らない人の名に答えながら　私は
遠いはるかな村を思っていた
そこには　まだ生まれないまえの私がいて
杏の花を見上げていた

ひとは　いっそう強く私を抱きながら
また　知らない人の名を呼んだ

知らない人の名に――はい――と答えながら
私は　遠いはるかな村をさまよい
少年のひとみや
若者の胸や
かなしいくちづけや
生まれたばかりの私を洗ってくれた
父の手を思っていた

ひとの呼ぶ　知らない人の名に
私は素直に答えつづけている

私たちは　めぐり会わないまえから
会っていたのだろう
別のなにかの姿をかりて――

私たちは　愛しあうまえから
愛しあっていたのだろう
別の誰かの姿に託して――

ひとは　呼んでいる
会わないまえの私も　抱きよせるようにして
私は答えている
会わないまえの遠い時間の中をめぐりながら

庭の中

庭木は緑をそよがせている
つるばらは　かわいく咲いている
すずめは　私のまいたパン屑をひろい
ねこは
ブロックの塀の上にねそべっている
瀬戸の鉢には水草がゆれて　金魚の背が見えがく
れしている
私は　今朝洗ってやったばかりの清潔なスピッツ
を抱いている
カメラをむけられたら　私は笑うでしょう
幸福そうに
息子は　そんな私を満足気に見下ろして
二階のベランダでギターを弾いている
息子は肩巾も背丈も申しぶんない
私は絵の中の夫人のように
すんなりと立っている
純白のスピッツを形よく抱きながら

そう　これが幸福というものなのです
きょうはもう　恐らく
火事も起らないし　台風も来ないでしょう
金魚か　ねこか　犬か　息子が
突然に死ぬこともないでしょう

ええ幸福です
私は　スピッツのキスをうけている
胸をさわがせることも
秘密を持つこともないのだから

幸福だから　悲しむことも　怒ることも
あわてることも　のぼせることもない
私は絵の中の人のように美しく立っている
心臓の鼓動も　血の流れも忘れたまま

いつものように　夕ぐれが訪れるでしょう
そして静かな夜も訪れて
そしてやがて
明けることのない夜も　必ず
訪れてくれるでしょう
もう幸福そうに立っていないでも済むように。

今日と明日の間

シャボンの泡につつまれて
浴室のタイルの上に横たわっていた
いまはもう　あのいやな臭いも　誘いこむような
　甘さに変っていた
茶の間ではテレビが鳴っていた
娘の部屋では早口のラジオが音楽を流している

この家では
もうながいことラジオとテレビだけがしゃべって
　いた
椅子　テーブルは　同じ位置にあり
額はいつも同じ目の高さにあった

額の傾くほどの笑い
椅子の砕けるほどの怒り
すべてはテレビの画面の中にだけあった

肩から胸に　手を滑らせながら思った
――子どものやわらかな体を洗ったのはいつのこ
　とだったろう
食器を洗い　床を磨き　洗濯機のスイッチをかけ
固い「もの」ばかりに馴れてきた手が
いま自分の肌の優しさに触れていた

なぜガスのセンを開いたのか？
たしかな理由はなかった
ただもう何かが起らなければ堪えられなかった
笑い　怒り　あるいは嘆き
この家から消え去った肉声を呼びもどさなければ
　ならなかった

生？　死？
そのどちらにも賭けていた　いまは
そのどちらにも新しい意味が生まれていた

意識は遠のいて
シャボンの泡のはじける音だけが聞えている
庭で犬がけたたましく吠えはじめた
が　この家のものすべて
まだその位置から動こうとはしなかった

娘はトランプのひとり占いにふけっている

峠の花

峠をのぼりきると
一面の桃色と黄の色が目に入った
桃畑の満開
菜の花畑の満開
都会育ちの私が視野いっぱいの花を見たのはこの
　ときがはじめてだった
私は眩暈《めまい》する思いでかがみこんだ

私は長い病気のあとであった
母はこの村の地蔵尊に願をかけて
お地蔵さまからいただいたという石で毎夜私のか
　らだをさすった
肩から胸に背から腰に　にぎりこぶしほどの石の
　すべるのを
私はこそばゆくはずかしく　毛布をかぶってこら
　えていた

桃畑の桃色は一面にゆれつづけ
菜の花畑の黄の色もまばゆくゆれつづけ
私の眩暈はやまなかった
なぜかあの　こそばゆくはずかしい感覚が
私をおそっていた

この村には大きな池があるはずだった
雷が落ちたという杉の木

火事のとき水を吹き上げたという老いた松
化かすのが上手な狐もいるはずだった
曾祖母から聞いたこうした話に私は心を移そうと

努めた
私は一面の花から目をそらして　村への道を下り
はじめた

しかし　目をそらしても花はゆれつづけ
それからの月日　年月
あるとき　その花は　一面にゆれつづける

帰る

ある日私は見つけた
庭の隅に　全く土色と化した一枚の枯れ葉を――
手にとりあげると　それは
もろくくずれ
さらさらと　私の手からこぼれて
土に帰っていった

父は四十五歳で死んだ　病名は脳溢血
倒れて四時間ほどを眠りつづけ
最期の時を　眠りの中で　はげしく
頭を振った
「否　否」というように振りつづけて　息をとめ
た

いま柿の葉がしきりに散りつづけている
掃きよせてマッチをすれば
はじけ　もだえ　その何枚かは風にのって逃れて
ゆく

あの一枚の葉の　自然の死
自然に土に帰れるまでに
どれほどの月日をかけるのだろう　一枚の枯れ葉
でさえ――

ウェーク島

旅客機は
片側の窓に近々と青すぎる海を見せて旋回し　着
　陸した

機から降りた私を　太陽が真上から焼いた
痛く　あつく

島には一本の樹木もなく　土の色もなく
珊瑚礁の面は
私の靴のかかとの下でもろく砕け
私の影はその一点に吸いこまれていった
私は見たはずだった　目の前に給油所の建物を

だがそれも岩礁の一部にしか見えなかった
――影がない　どこにも――
私はおびえた
樹木の影もない　ゆれる草むらもない
熱い太陽にさらされたままの
この白一色の平らな島に

島をとりまく海も
いままで私の見たどの海でもなかった
海は荒れても　静かすぎてもいないのに
島をいっそう白く　孤独にとりまいている

太陽の熱は堪え難く私を焼いて
機に駈けもどる以外になかった
駈けもどる私の靴の下で
また砕ける音がした

もろい岩礁の面が

旅客機は飛びたった
島はたちまち　視界から消え去った
そしてそのとき　私は気づいたのだった
あの私の靴の下で砕けたものは　たしかに
岩礁の面だったのだろうか

島にとり残されたまま死んでいった
若い　兵士たちの骨の
その音ではなかったかと――

見る

あのとき
炸裂音にかこまれた防空壕の中で
私が見ていたのは何であったろう
腕にかかえた赤ん坊の寝顔でもなく
死の影がたちこめる闇でもなかった
私が見つめていたのは
直径十糎ほどの換気孔
ケーキ皿ほどの空の
ただ一つの星であった

魚雷に追われる船の上では
腰にすがる少女の髪をなでながら
水平線に浮ぶ緑の小島をながめていた
魚雷！
船腹すれすれに走り去る水しぶき
ざわめく人たちを背に
私はたしかに小鳥の声をきき
木もれ陽の光の環を腕に感じていた

星には星の意味があることを
島には島の意味があることを
たしかに見たのはあのときではなかったろうか
いま　私のまわりには
たくさんの美しいものがある
庭にはばら　町には春のショール
微笑を浮べる友の眼
だが私が見つめると
それらは崩壊する
ショールは美の意味を失い
花は枯れ
友の眼はあやしくゆがんでゆく
なぜだろう　なぜだろう

私の眼は
あるときは見ることを怖れてさまよい
あるときはまた
これら美しいものを残酷につき破る
そしてたどりつくところは
天も地も極まるはるかな果てだ

日暮れのような　夜明けのような
この漠とした果てに
私は見ることができる
そこにとどくピアノ線のような視線を
島や星を
たしかに見たことのある人たちの視線を

それは　あの戦いのなかで
閉ざされてしまった眼
閉ざされてしまったままの瞼のうらから
島や星を　いまも見つづけている
もっとも純粋な
死者たちの視線なのではないだろうか

少年

——パリ——

花壇は花でみたされていた
私は美しいとながめた
樹々の枝は緑をそよがせていた
私は美しいと見上げた
寺院　彫刻　ふんすい
美しいものの上を私の視線は流れていた

すべて美しいもののなかで
私は次第に小さく　さびしくなっていった
さびしさの理由は　わからなかった
私の胸は涙をにじませていた

私の目がひとりの少年の上にとまった
私の目が少年のおでこにはった絆創膏にとまった
私は見たのだった「傷」というやさしいものを
少年は見られたのだった「傷」というさびしいも
　のを

私は笑った　たのしく
少年は笑った　やさしく

九月

すず虫は鳴き疲れ　石にひそみ
金魚は泳ぎ疲れて水底に
そよぎ疲れたケヤキの葉は
軽々と風に散りはじめている

――疲れたものよ　眠れ――
風の言葉をききながら
眠りきれないもの
眠れない私の上を　風は吹き
過ぎて流れてゆく

風の流れるむこうに
少女がいる
風はどんな言葉をささやいたか
少女は一瞬　遠い目で私を見つめ
そして去っていった　明るい芝生のほうに
スカートをつまみ
軽くスキップをふみながら

車窓

山が流れてゆく
ゆるやかな斜面を見せながら

畑が流れてゆく
白い花をゆらせながら

夕ぐれの灯をともしたばかりの町が
流れすぎてゆく

あのような小高い山で　ひぐらしの声を聞いたこ
　とがあった
あのような畑の畝で　転びかけたことがあった
あのような小さな町の駅前の店で　別れの夕食を

とったことがあった
一枚の写真をとることもなく終った　私のひそか
　な日の風景を
ひとりの旅の車窓は
写しながら
流しながら
濃い夕やみのなかに――

ブザーが鳴る

ブザーが鳴る　ドアを開ける
誰もいない
月光がひいらぎの生け垣を光らせている
垣根の下にうずくまっていた猫が　素早く駆け去
　って行く

人影はない
ドアを閉めて部屋にもどりながら時計を見る
午前一時四十分　こんな時刻に訪問客のあるはず
　はない
私はスキーに行っている娘を思う
まだ書斎に起きているはずのひとを思う

娘が帰ると　私は聞く
「あの夜中　私のことを思って?」
「いいえ　ぐっすり眠っていたわ」

ブザーが鳴る　ドアを開ける　誰もいない

私はしばしば　このブザーを聞く
まぶしい陽ざしの昼中や
向いの庭の桜の枝が細かくふるえている夕ぐれな

どに
私は人影のない道にしばらくたたずみ
いまはもう遠く離れたままの誰彼を思って
なつかしい会話をはじめだす
それは全く信じあった安らかな会話

ブザーが鳴る
そして　現実の訪問客が姿を現わすと
私はあわて
そしてすばやく姿をかくそうとする
あのひいらぎの垣根の下から
逃げ去った猫のように――

来客は気づかない
私がそこにいないことに。

ぶどう畑

ぶどう畑で　ハサミの音が鳴っている
実りを終えたぶどうの樹は
一房　一房を　切りとられ
その枝を軽くしていった

ぶどう棚の上の　空は冷たく澄み
風もまた冷たく
私の着物の布目をとおして吹きすぎてゆく
ぶどうの葉は　かわいた音をたてて散り落ちる

収穫のハサミは鳴りつづけ
その音に　私は小さく身ぶるいしていた
私も実りを終えた一本のぶどうの樹

鋼鉄の刃の冷たさが　私の胸の乳房にも
触れる思いで。

初冬

公園は落ち葉がいっぱい
ゆき暮れた旅人のように坐る私に
赤ん坊が笑いかけてくる
私はもう身ごもることはないであろう　このやわ
　らかないのちを

私の腕には毎夜　老いた猫が眠る
その鼓動をきき　毛皮をなでながら
私のひたいは　屋根をぬらす星明りの冷たさに
まむかっている
赤ん坊はまた笑いかけてくる

小春日のような光が私をあたためる
私は一枚の枯れ葉を拾ってまわしてみせる

乳母車は遠ざかってゆく
さようならともいわずに　笑顔が去ってゆく
私の愛が遠ざかっていったように——

虫の音

家族のものは
それぞれの部屋に眠っていた
ひとり　ひとり
壁にかこまれて眠るなんてさびしいことだ
私はもう子どもの優しい寝息を聞くこともなかっ
た

虫の音の中に目覚めているのは
私と老いた白犬だった
犬は病んでいた
さびしい咳をつづけ　血よりも赤い朱色のかたま
　りを吐く
けしの花のような朱の色
私はシャベルで土をかけ　すくい
桜の木の根もとに埋める

犬は前足をのべ　地に伏して
私を見つめている
犬はいま　透明に近づいていた
目のふちも　口もとも　なげだした足も
月光のように青白かった

私も病んでいた
さびしい愛に病み
でも私は
咳きこむことも　朱の色を吐くこともできない

犬の目は優しかった
優しく私を見つめ　私は犬を見つめ
見つめあう間を
死の色が霧のように流れていた

梅林

春浅い一日
嫁いで間もない娘を訪ねて
水戸偕楽園の梅林を歩いた
つぼみはまだ固いながら
枝々の先を紅色に染めていた

日だまりの芝草の上に坐って
娘と私は何を話したろう
いちばん大事な問は言葉にはならなかった
ただ女という性《さが》に結ばれて
ふたりは肩をならべていた

心につぼみの紅をにじませ
目には
池にむらがる水鳥の
しきりにはばたくのを映しながら

つめたい夜

花のつぼみの開くところがみたいと思っていた
小鳥がたまごからかえるところを
蝶がはじめてはばたくところを
そんな幼い願いを
いまも持ちつづける私の視線の中で
いま一りんのばらの花が
静かにくずれ落ちてゆく
いくにちかむきあい親しんだ花の
いのちの終り
ほどけ　くずれ　散る姿を見ている
家族のもの眠る　夜のしじまに。

櫛

いくつかのデパートを歩いて
細かな歯の小さな櫛を買い求めた

母の白髪はもう少なくなって　その髪にあう櫛は
　めったにない
老いた母のさびしさ！

うたたねの顔の青さに思わず近よってみる
青く見えたのは庭木のかげ
ほっとして　そのまま寝顔をみている
ほんのひとまたぎの近さに死があるような
老いの眠りのなかには　なにがかくされているの
　だろう

五月の晴れた日　母の衣類を入れかえながら
私は見つけてしまった
箪笥の敷紙の下に秘められた一枚の絵を
老いた母の中の女を

私は　小さな鼈甲の櫛を探して歩いた
ただそれだけの理由で――

夾竹桃

夾竹桃の垣根の下をゆきながら
「きれいな　お花」
私がいうと　私の抱く幼いものは
自分のはなを指さした
幼いものはいま
耳とか口とか　手　足
からだについての名詞を覚えはじめたばかりだっ
た

夾竹桃の花には
私の大切な恋の思い出があって
走る車の中からでも

私の目はいち早くこの花を見つける
「きれいな　花ね」
そのたびに私はつぶやき
かたわらにいる人からは　やはり
この幼いもののような
違った返事が返ってくる

風景

青空が見えて　光が射したかと思うと
また雲はひろがり　細かな雪を散らした
古い家並の間を流れる犀川の面は
光り　翳りをくり返しながら
私を誘い　河口までを歩ませた

海は暗く　荒れていた
雪ははげしく降りはじめていた
波は砂色にうねりよせて
波頭の飛沫は雪と交わって散った
河口の水はうず巻いて
うず巻く水の上に
おびただしいカモメの群れが飛びかっている

それは荒々しく　さびしい風景だった
そして　いつか　どこかで
私は見たことがあった
いつか　どこかで
このような風景をたしかに見たことがあった

いつか　どこかで?
いつか　どこかで?

私の心のなかに砂色の波がうねりはじめる

おびただしいカモメの群れがはばたく
いつか　どこかで？

雪は降りつのり
空はもう晴れようとはしなかった

布良海岸

この夏の一日
房総半島の突端　布良《めら》の海に泳いだ
それは人影のない岩鼻
沐浴のようなひとり泳ぎであったが
よせる波は
私の体を滑らかに洗い　ほてらせていった
岩かげで　水着をぬぎ　体をふくと
私の夏は終っていた

切り通しの道を帰りながら
ふとふりむいた岩鼻のあたりには
海女が四五人　波しぶきをあびて立ち
私がひそかにぬけてきた夏の日が
その上にだけかがやいていた。

波

――勿来海岸――

窓は海にむかって開いていた
それで私は海と向いあって坐っていた
私の視力のとどくかぎり遠くの　波頭の一つを見
　つめる
その波が近づいて　近づいて
砂浜に砕け
しぶきの泡が消えるまでを見つめている

また　遠くの波頭を見つめ　近づいて　近づいて
　砕けるまでを
もう何度くり返し見ていることだろう
「どこか静かな所に行って　ゆっくりしていらっし
　ゃいな」
娘がいった
「私がいなくても大丈夫?」
「大丈夫ですとも」

誰もいない海辺の小さな宿にきて
私はあした　ひとりの元旦をむかえる
「日の出がきれいですよ」
宿の人が窓を開け放したまま下っていった
海はあまりに近すぎて
波は私のひざをぬらすほどによせてくる

私は娘の幼かったころを思いだした
私のひざ目がけて駆けよってくる小さな姿を
また私は娘をみごもったときのことを思った
私の中に育つ生命を見つめつづけて送った日々を
そしてまた私は　人を待って立った駅を思った
人波のむこうに見えたその人が　近づいて
近づいてくるのを　待つ時間を
波は近づいて近づいて　私のひざもとによせてく
る
私の上に訪れたさまざまな時間　さまざまな愛
それらを思いながら　波を見ている
そして　いまの私に確実に近づいてくるものの姿
を
たしかめようともしている
子どもたちも成人したいま
私に近づいてくるものはなに?

私はあしたここでゆとりの元旦をむかえる

静かに訪れて

静かに訪れて　静かに去って
私をめぐる人たちはいつか移り変ってゆく
けれど私はたくさんのものをもらってきた
日曜学校の先生はオルガンの弾きかたを教えてくれた
支那人のばあやは支那靴の縫いかたを
絹糸で花の刺繍をすることも教えてくれた
ロシア人のマダムはサモワールの沸しかたを
アパルトマンの番人オバーブじいさんはペチカの燃やしかたを
市場のおかみさんはエビの背わたのとりかたを
ベッドに死にかけた兵士は
ふるさとの田畑の広さと　妻の名を
水夫は東支那海の島のかずを
裸の苦力《クーリー》はスコールのここちよさを
台湾娘は苗の植えかたや　パイナップルの皮のむきかたを
少年は昆虫の名前を
青年は愛の手紙の書きかたを
そしてそれから

私の産んだ赤ん坊は　その小さな手で私の乳房の
　あたたかさを

それから　それから
いろいろの心の秘密　いろいろの希望
いろいろの哀しみ

私はたくさんのものをもらった
温かく息づくもの
力強くあふれるもの
涙の塩からい味も

私は急に呼びかけたくなる
山の見える小さな駅や　都会のコーヒー店の片隅
などで
――ありがとう　いまほんとうに
　人生を愛することができそうです――と

詩集『愛のバラード』より

春の海辺

波が運んでくる　新しい砂のなかに
紅色の貝をみつけた

この果てしない海のどこかで
貝は美しく育ち
私の足もとにまで運ばれてきた

私の胸の海にも
ひそかに育つ　紅色の貝が一つ
新しい年の　新しい時間の波よ
はこべ　はこべ
あの人の立つ海辺にまで

私の胸の　紅色の愛の巻貝を——

高原の馬

老いたやさしい馬よ
夏の間　よく働きましたね
子どもたちをのせて
湖水のまわりや　林の道を
カッポ　カッポ
どれほど歩いたことでしょう

夏休みは終りました
カッポ　カッポ
やさしいひづめの音を胸にしまって
子どもたちは　帰ってゆきました
——さようなら　また来年ね——

馬よ　ゆっくりお休みなさい
虫の音ばかりのさびしい夜も
あなたの夢の中には
子どもたちが姿をみせて
なぐさめて　くれるでしょう
——また来年ね——
何度もくり返して
力づけてくれるでしょう

老いた　やさしい馬よ
また　来年ね

詩集『砂漠のロバ』より

砂漠のロバ

砂漠の町でロバに出会った
私の目に急に涙があふれて
理由もわからないまま涙はあふれつづけた

ロバは荷車をひいていた
荷台には主人が坐り
その後にはふくらんだ布袋が積まれていた
黄色い砂を舞い上がらせながら
ロバは軽い足どりで
涼しい目をして
私の前をすぎていった
その様子はむしろたのし気で
涙を誘う理由はなかったと思う

何故涙があふれたのか
ロバの涼しい目を思いながら
そのことを思いつづけている

砂漠の道は長くのびて
遠い地平の果ての
澄みきった空に　つづいていた

あの鳥

毎朝　二羽の鳥が訪れる
葉を落しつくした柿の木の
梢にわずかに残った実をついばみに
鳥の羽は青く　せきれいに似ているが

その名はわからない
この町の中に　と
私は鳥の声のするたびに庭に下りる
あの鳥はなんだろう?
母が茶の間の炬燵からいい
なんでしょうねと　私が庭から答える
鳥はそして　柿の実の絶えたころから訪れなくなり
そのまま鳥のことは忘れて
一年がすぎた

今年の十二月も末になって
鳥は姿を見せはじめた
梢の柿の実はもうすっかり落ちて
黒くひからびたヘタだけが残っている枝に
二羽の鳥は　さえずり　もつれながら下りてくる
私は庭に下り
鳥を見上げる
あの鳥はなんだろう?
母の声がして
なんでしょうねと答えてから
問いかける母の姿のないことに気づく
鳥は私の声に　はばたき　飛び去り
柿の枝には　一枚の枯れ葉も残ってはいない

母の死を私たち兄妹は悲しむことなく見送った
八十二歳　まあ仕方ないわ
姉は死の床を調えながらいい
そうね　と　私は母のむくろをひざにのせて
片手で新しいシーツの端を折りこみながら答えていた
兄は　私が片方の手で抱く母の顔をのぞいて
気ままに生きて　眠りながら逝くなんて羨ましいよ

子供をあやすように母の頬をつついた
弟はウィスキーを飲んでいた

母の一周忌には　兄妹四人浅草観音にお詣りした
みんなこうして母さんと来たじゃあないか
兄の言葉に　そうね　そうそうと
それぞれの思いをかかえて仲見世を歩いた

鳥の鳴き声はリルリルリィリィというように聞え
　る
あの鳥はなんだろう
そうした小さな疑問だけが
老いた母の一日を埋めていたように思う
柿の梢は　飛び立った鳥の重みで少しゆれ
その上にこの年も終りの冷たい空がひろがってい
　る

茶の間の炬燵の母の座は　いまも空いたままだ
長年母が坐っていたことで
その場所にはまだ誰も坐る習慣がない
私はいまも母と向きあう席に坐っている

リルリルリィリィ
鳥はきょう　何故か何度もやってくる
空は冷たく曇っているのに
柿の木の枝から八つ手の白い実の上に移り
塀を越えて飛び去ったかと思うと
しばらくしてまた鳴き声がする
あの鳥はなんだろう
母の声とも　私の問ともつかない問を鳥にむけな
　がら
ひざに抱いた母のむくろの
小さく軽すぎたことを思っている

海

はたちの秋
はじめて渡った東支那海のうねり
三日三夜　うねりを見つめて過し
その上にコンブのように身を投げだすことを思い
　つづけた
うねりは甘美に私を誘い
誘いつづけながら私を知らない土地へ運んだ

月に一度か二度　海を見にでかけてゆき
うねりの中に没してゆく私を思っている
もし　海が存在しなかったら
私は恋をすることもなかったろう
海の存在は　私にさびしい勇気を与えている

私は母に愛された記憶がない
母は自分しか愛せない人だったから
父に愛された記憶もうすい
父は早く死んでしまったから
そのかわりに父は　小さかった私をしばしば海に
　連れていった

そして私には海があり
私をいつでも抱きとってくれると約束をしている
必ずきっと　うねりの中に身を投げだすことを思
　いながら
私の今日があり
私の恋がつづいている

私はもう　海を忘れたいと思う
帰りを忘れた子どものように

忘れたまま　ぶらんこをゆらしていたいと思う

それで私はほんとうにぶらんこをゆらしにゆく
近くの児童遊園地に行ってぶらんこをゆらす
ゆらしつづけた体をそのまま家に持ち帰って
ゆらしつづけている

海はもう見えない　私もいない
私もいない
と思うきわみのなかで
海がまた見えはじめる
うねりが　ぴいんと弾力のある面を光らせて
私の目に浮び上がってくる

私は行かなければならない
渚から海を見るだけではなくて
三日三夜　それ以上にもっと　うねりの上を

航海しなければならないと思う

海は約束を果すだろうか
それとも
また知らない土地へ私を運ぶだろうか

知らない土地へ運ばれたにしても
私はやはり海を思いつづけるだろう
一本の樹か　一つの小石に
私がならない限りは——

動かない姿
——大島自然動物園——

私の腕時計の長針はもう四十分をまわっている
こんなに長いこと一つの動物を見ていたことはな

かった
コンクリートのかこいが古い城壁のようにつづい
　た中の
熔岩の頂に　鹿は坐っていた
水牛のような太い角をのせた頭を形よく
ごく自然に海の方向にむけながら
鹿は動かない
　海にはガスがたちこめて
　曇り空と同じ色をしている
鹿は動かない
赤褐色の長い毛におおわれたからだを
さびしい岩の上においたまま

——ハクセイかな？——
子どもがそんな言葉をいって去り
別の子どもが来てまた同じことをいって去ってい
　った

鹿は動かない
海は私の後の崖の樹木の間にひろがって
海にむけられた鹿の顔は　私にむきあっていなが
　ら
鹿の見ているのは私でなく　海でなく
海の方向のもっと遠いどこかに思われる
私はときどきふり返って鉛色の海を目に入れ
また鹿の姿を見ていた
この鹿がどこの国の産か私は知らない
あのからだの中にどんな心が動いているか　私は
　知らない
ただ　鹿の胸のあたりの毛が風にゆれると
ほんの少しの間をおいて
私の髪も同じ風にゆれた

島は椿の花ざかりだったが

この鹿のまわりは熔岩の色ばかり

冷たい手

「冷たい手だ」と　ひとはいった

祖母はその手に私の手をつつんでは
火鉢の上にかざしてくれた
冷えたままの手を胸に組んで
冷たい夜を眠りながら
この手をあたためてくれたひとたちのことを思っ
　てみる
遠い日の時間の　ひとの手の
あたたかみを思い追いながら
胸に組んだ私の手は
闇のなかに開いていった

淡く白い　芙蓉の花のようにも――

ダガンダガンは何故蒔かれたか

ダガンダガンは何故蒔かれたか
ダガンダガンは何故茂ったか
ネムに似たその木は
私のめぐった南方の島々に茂り
熱帯樹の間を埋めて
丘にも平地にも　バスの走る道の両側にも
茂りに茂り　地をおおい
枝に垂れ下がる実を割ると
黒褐色の種がこぼれた

艶やかな黒褐色の種を手のひらに遊ばせながら
　木の名を尋ねる私に

「ダガンダガン」と　裸の土民は答え
彼もまた腕をのばして頭上の枝から種をとり
手のひらにこぼして見せた
――この種は戦争が終るとすぐ
　米軍の飛行機が空から蒔いた
　島全体に　蒔いていった

土民は種を手のひらから払い落すと
空いっぱいに両手をひろげて説明した

　ダガンダガンは何故蒔かれたか
　ダガンダガンは何故茂ったか

ダガンダガンの種は首飾りや花びん敷になって
土産物屋に売られている
一ドル五〇セントの首飾りを二十本も求めたのは
この島サイパンで兄一家を失い　慰霊のために訪
　れたと語る中年の夫婦だった

テニヤン　ヤップ　ロタ
どの島にもダガンダガンは茂りに茂り　地をおお
い

島の旅から帰って二カ月ほど過ぎた日
硫黄島に戦友の遺骨収集に行った元工兵の記事が
　目にとまった
――島はギンネムのジャングルにおおわれ
　昔の地形を思い出すのに困難をきわめた。
　山刀でギンネムのジャングルを切り倒しなが
　　ら進み
ようようにしてかつての我々の壕を発見し
　目的を果すことができた
これは全く死者の霊に導かれたと思うほかは
　ない――

このギンネムとはダガンダガンに違いない

ダガンダガンは何故蒔かれたか
ダガンダガンは何故茂ったか
南の島々に蒔かれた種が　急速に成長し
茂り　隠したものの姿が　突然に私の目に浮かんだ

ダガンダガンは何故蒔かれたか
首飾りを求めた夫婦はそれについて何の疑問も持たなかった

ダガンダガンの首飾りは若い娘の胸にゆれて
どこかの町を歩いているだろう

ダガンダガンは何故茂ったか

壕の中
——サイパン——

そそり立つ崖の上の壕の中は
熱い太陽をさえぎって冷たい
海に面した壁は
艦砲射撃にうちぬかれて
赤錆びた鉄骨が曲りくねった線を見せていた
鉄骨の間から外をのぞいた私の目に
朝顔に似た花の姿が映った
白い花の　一りん　二りん
熱帯樹の茂みに咲いいて
それはまごうことなく朝顔の花

娘のころ作りつづけた慰問袋の中に
花の種を入れたことがあった
朝顔の種　コスモスの種
私の庭から摘みとった種の一つがここに蒔かれ
芽ばえ咲き　種をこぼして
二十数年を咲きつづけていたとしたら?

この想像は少女趣味でありすぎるにしても
私の心は花から離れることができなかった

同行の若者たちは　壕の中でもしきりにカメラの
　シャッターを切っている
私のカメラはフィルムが切れていた
幸いにもフィルムが切れていたことで
鉄骨に手をかけたまま　そこにしゃがんで
私は花を見つづけていた

ここから見える海はいっそうに青い
花は青い海を背景に次第に輪郭をはっきりと浮か
　ばせ
細くのびたつるは　海からの風に倒れては
また支えを求めるようにして立ち上がっている

朝

男は毎朝
カミソリでひげをそる
そのとき女は
包丁で野菜を刻んでいる
お互いに刃物を使いながら
刃物を感じないでいる

幸福な朝！

雨の花

このごろ
旅にでると雨になって
雨にぬれる花ばかりを見ている

ぼたん園を訪れた日も
前日からの雨は降りつづき
花は　雨の滴を重たげにためていた

咲き開いた花は
もうつぼみにもどることはできない
私が触れると
花は堪えていた滴をどっとこぼして
私の手をぬらした

一輪一輪の花に触れながら
私は手をぬらしてゆく
それはこころよい行為だった
私の手はこうしてぬれることを待ち望んでいたの
　かもしれない
涙に手をぬらすこともなくなって
もう長い年月がすぎている
涙を忘れてしまったとき
人はどのように変ってゆくか

私の手は醜く　乾いていた

花はそのために私の手をぬらし
私の心をぬらし

黒い鳥

高価な布ほど
切るときに手ごたえがある
裁ちばさみの重みと冷たさに
まだ握ったことのないピストルを思っている
夜ふけの裁台の前

外燈の明りが照らしだす
庭木の影にむかって
引きがねを引くまねをする

そのとき声を上げて落ちるのは鳥
私の中の黒い鳥
鳥は傷ついてもまた生きかえるだろう

樹氷

雪は樹木をおおった
冷たい純白におおわれて
樹木は呼吸をつづけている

私も待つことができたら
日も月も星も
すべてが純白のむこうにめぐる
静かな季節を——

おおわれた時の中で
樹は生を充実し
黙した美しさで立ちつづけている

一本の樹氷を真似て
私もまぶたを閉じてみる
黙したまま立ちつづけてみる
樹の心に近づけるかどうかと――

視線

父が亡くなる前年の夏
運河にそって走る真昼のバスの中で一人の老人に
　出会った
老人は強い視線を私にむけ　長いこと見つめつづ
　けて席を隣に移してきた
「あんたの手は不思議な手だ」
老人はバスの振動に身をのせるようにしてつぶや
　きだした
「故郷には縁がない　何度か死の危険にさらされ
　る　近く不幸に出会うかも知れない　それから
　――」
老人の手がのびて冷たく私の手に触れ
思わず私は立ち上がってバスを止めた

バスは私一人を下ろして走り去り
私はそのまま暑い道に立ちつくし
バスが巻き上げていった砂塵が　小さな竜巻を作
　りながらゆるゆると移動してゆくのを見ていた

●

支那の町は時に激しい黄塵におそわれる
天の一角が黄ばんでくると　人も馬も車も
いっせいにざわめき逃げはじめる
私はネッカチーフで顔をつつみ　城壁にそって駆

けだしていた
石だたみも　アカシヤの葉も　火の赤さに変わり
息を切らしてかがみこむ土塀のかげで突然あの老
　人の声を聞いた
「不思議な手だ　故郷には縁がない」
黄塵は天をおおい　吹きつけ
私の胸のくぼみまでが熱い砂にまみれていった

●

砲声が硝子戸をゆするたびに
重傷者はうめき　軽傷者は窓によって空をにらん
　だ
私はもういく日も繃帯を洗い　氷を砕きつづけて
　いる
臨時野戦病院の支那家屋　内庭にむかった廊下で
月光に浮かぶ木立と　水の止まった噴水

死は手をやすめたときに　おそってくる

●

いまも私は　時折　あの遠い昔の老人の姿をかい
　ま見る
たとえばそれは塀の上にうずくまるのら猫の姿で
　あったりするのだが
真昼の一人の時間の中で　ふと強い視線を感じる
見上げると猫はのそりと立ち上がり
もう一度その目で私を見かえり　塀づたいに去っ
　てゆく
そのとき私は思ってしまう
あの汚れた毛皮の中に
私の聞き残した老人の言葉が
まだなまあたたかく　隠されているのではないか
　と

詩集『あなたに』より

一りんの花

山を下りながら
一りんの花を手折りました
うすむらさきの
小さくも　大きすぎもしない花でした
名を知らないのがさびしくて
私の名をつけてみました
としこ草と
としこ草は　彼の帽子に咲いて
山を下りました
そのあと
あの花は　どうなったでしょう

あの花も
花を帽子につけてあげた人も
まるで
私のまぼろしだったように
花にも　彼にも　あれっきり
もう会うことはありませんでした

すずめ

すずめが一羽
私の行く道の先をゆく
二本の足をそろえて小マリの弾むように
小さく跳びながら
道案内をしてくれるらしい

ありがとう　すずめさん

どこへ連れていってくれるのでしょう

私はいつもこうして
何かに導かれながら
歩いてきたように思う

ひとり旅の出来ない私
ひとりでは何も出来ない私
これでいいのでしょうか
道の辺のお地蔵さまに問いかけて
「それでいいのですよ」の答えを待っている私

詩集『可愛い仲間たち』より

白い花

ある日　急に
白い花が咲きました
私のまわりは　白い花ばかり

白い花の中で
かくれんぼをしました

鬼になった私の背をつついて
かくれていった人は
だあれ？

白い花の中には

まだ見つからない人が
かくれています

涙

なぜなくの?　と
きかれると
いっそう　かなしくなる

ないている　わたしが
かわいそうで
いっそう　かなしくなる

詩集『むらさきの花』より

むらさきの花

日々は平穏である
長女は四部屋の社宅に住み
二児を育てながら
料理とケーキ作りに熱中している

次女は二部屋のマンションに移り
靴のデザインを仕事として
土曜か日曜日にはもどって来る
テレビの前でコーヒーを飲みながら
きっということば
この家　寒いわ　もっと暖房を強くしたら?

息子も三部屋のマンション暮らし
一歳半の男の子に数え唄をうたう
　ひとつ　ひよこが　豆くって　ピヨピヨ
　ふたつ　ふたごが　けんかして　プンプン
愛らしい妻も声をあわせて
唄は何回もくり返される

私はもう　子といさかうこともなく
折々の訪れをのどかな笑顔で迎えている

この平穏な日々
何をほかに思うことがあろう
毎夜私は　縁先につながれて眠る赤犬の
いびきを聞きながら目をつむる

眠りにつくまでの道には
岩山があって

植物図鑑の中の
むらさきの花が咲いている
根に毒を持つというトリカブトの花
むらさきの花を好む私の心の奥にも
この花の根に似たもののあることを知っている

根の毒を舌先になめながら
眠りの道に入るまでの　さびしさ

小さな靴

小さな靴が玄関においてある
満二歳になる英子の靴だ
忘れて行ったまま二カ月ほどが過ぎていて
英子の足にはもう合わない
子供はそうして次々に

新しい靴にはきかえてゆく
おとなの　疲れた靴ばかりのならぶ玄関に
小さな靴は　おいてある
花を飾るより　ずっと明るい

娘

スミレの花に生まれればよかった　と
娘は　いった
昼も夜も土の壕にひそんでいた日

花はこわくないのね
爆撃のあとの畑に
ニラの花は白くすずしく立って咲いていた

娘の名はスミエ
その名を呼ばれる度に娘は「スミレ」と聞いてい
たのだろう

なぜ　花になれないの?

幼い娘の問いに　私は
花になれない人間の
爆撃に飛び散るときの肉の重みを思っていた

娘はいま二人の子の母になって
ケーキを焼いている
バターは何グラム
おさとうは何グラム
その目盛りを正確に計ることに心を集めている
私はまだ　あの重みを思っている
私が見てしまった肉片の重み

私が看護した兵士の失った片足の重み
そして私がこの家から運び出されるときの重みも

ケーキにはバターも　砂糖も
たっぷりと入っていて
入りすぎて味が少し落ちたのではないかと
娘は首をかしげている
これでいいかしら？　おいしいかしら？

そんな娘を私は愛しく思う
人はいつも死に向いあっている必要はないのだから
暗い淵ばかりを見つめていることもないのだから

それにしても　ケーキの味の良し悪しを
私に問いかける娘の不安な表情は
あの幼い日のまま
花になりたかったときと同じなのだ
そんな娘を　私は愛しいと思う

絵に見とれる英子

三歳の英子が絵に見とれている
自分の背丈には高すぎる絵に
首をあおむけ　背のびして
むかいあっている

絵の中には
桃割れに　鹿の子の帯
長いたもとの少女がいて
雪の舞い散る窓辺でお手玉をしている

午前十時を過ぎたばかりの画廊はすいていて

英子一人が絵にむかいあっている
私は少し離れたところに立って
英子の後姿を見ている
　三歳の英子の心の動き
　三歳の英子のあこがれ

絵の中の雪が英子のまわりにも舞って
英子は少女とお話をしているよう
　　　　　　　　——蕗谷虹児展で——

小石

長女からの電話
「お母さん　羽子板市がきょうまでよ
　行きたいけれど　どう行けばいいの?」

「観音さまの境内でしょ　雷門まで地下鉄で行け
　ばすぐですよ」
「でも　それからどう行くの?　よくわからない」
——空とぼけて　私を誘い出したいのね
「行くわ　行くわ　私が行ってあげればいいのでし
　ょ」

地下鉄のホームで待ち合わせて浅草に
娘は三歳の英子を連れている
英子は　こけしみたいな顔をしていて
幼い日の娘と瓜二つ

まず　観音さまにお詣りして
私の引いたおみくじは　吉
うぐひすの谷の戸いづる声はして
　のきばの梅も咲きそめにけり
(久しい苦しみもときが来て　おのずから去り　春

の花の咲く様にしだいに栄えてゆく運です。安
　心してことにあたりなさい）

「吉　よかったわね」
すぐ涙ぐむ癖の娘は　私の手元をのぞきながらう
　るんだ声でいう

羽子板市の人混みに来て
「お母さん　私　羽子板を買うわ」
「まあ　高いでしょ」
「いいの　そのつもりで来たのよ　ふんぱつする
　わ」

藤娘と　汐汲みとを　両手にかざして
「ああ　どちらにしよう　どちらもいいわねえ」
「英子にきめてもらったら？」
「あらっ！　英子は？」

英子の姿のないことに気づいて
「英子！　英子！　どこ！」
やっと捜しあてた英子は
人混みのはずれの地面にかがんで土いじりをして
　いる

「えいこの　こいし　さがしているの」
英子の小石？
「えいこの　こいし　みつからない」
「えいこの　こいし　どこにもない」
英子の目は悲しそう
「この子　このごろ　小石ばかりを探しているの
　何故なのかしら変な子！」

帰りの地下鉄で　英子は私のひざに眠った
娘は汐汲みを胸にかかえている
「うれしいわ　押絵の羽子板をこうして持つのは

じめて……
子供のころは戦争だったし　そのあとも買って
　もらえなかったでしょ」
――そう　そうだったと
防空頭巾をかぶった小さな娘が浮かんでくる

ひざに眠る英子の髪は　やわらかい
英子の小石とは　どんな小石？
英子はいつまで探しつづけるのだろう
私は　神詣のたびに　おみくじを引いている

英子の小石を思いながら　年を越した

詩集『季節の詩＊季節の花――花のある朝――』より

花のこころ

朝の目覚めの
さびしい日がある

さびしさを抱きながら
床を離れ
口をすすぎ
髪をととのえる　かがみの中に
遠い山に咲く
花の姿を見る
朝ぎりの晴れ間を待つ
花の静けさ　花の心

ただ一度の出会いを忘れずに
姿を見せてくれる　山の花
花のこころに支えられて
過す一日

すずめの来ない日

庭にすずめの来ない日
きのうまいたパン屑が
そのまま庭に散っている

「お寒いですね」の声が
塀の外をすぎてゆく

すずめは餌をついばみにだけ
庭に来るのではなさそう

私はすずめと仲良くなりたくて
餌をまくのだが
すずめは　来たり来なかったり

その自由さがなおいとしくて
餌をまくことだけをくり返している
私の行為のさびしさが思われる日

詩集『枯れ葉と星』より

月《つき》の夜《よる》

月の美《うつく》しい夜
カカシがゆめを見《み》ていました
月の美しい夜
スズメもゆめを見ていました

カカシは　ゆめのなかで
スズメになっていました
スズメは　ゆめのなかで
カカシになっていました

美しい月の夜
スズメのおうちの　竹《たけ》やぶは
きらきら光《ひか》ってゆれています
ゆたかに実《みの》った　いねのほも
きらきら光ってゆれています

あした
スズメとカカシは
どんなお話《はなし》をするでしょう

（岩河三郎・作曲）

すいれん

少年《しょうねん》が
すいれんの花《はな》を見《み》ている

きのうは少女《しょうじょ》が
すいれんの花を見ていた

少年と　少女の
初恋《はつこい》のような
すいれんの花

すいれんの花は
開《ひら》きながら
花芯《かしん》に夢《ゆめ》を抱《いだ》いている
誰《だれ》にも告《つ》げないままの
夢を抱いている

こおろぎ

こおろぎ　こおろぎ
つかまえた
そおっと　そおっと
手《て》の中《なか》に

こおろぎ
くちゅくちゅ　動《うご》いて
くすぐったい

こおろぎ
外《そと》に出《で》たいのね
はなしてあげる

そのかわり
そのまえにちょっとだけ
鳴《な》いてみて
チロチロチロリン　って
わたしの手の中で
鳴いて　きかせて

詩集『薔薇の木』より

雨の日

雨のふる日
花壇の花に水をやっている子
片手に傘をさして
如雨露の水を
花にそそいでいる女の子

心身障害児の施設のフィルムに見た
女の子の姿を
雨の日に思っている

女の子は
毎日花壇の花に水をやる仕事を

果しているのだ
如雨露の水の
まろやかな弧の線が
花をぬらしている
おかっぱの髪をかしげた横顔が
花の上にむけられている

あの花に　私はなりたい

海辺で

ニッコウキスゲの咲く
種差《たねさし》の海岸に来て
ひとり坐っていると
ウミネコが　かわるがわる私の上に下りて来て
問いかけをくり返す
「何を考えているのですか？」
「何か悲しいことがあるのですか？」

私は何を思うこともなく
ただ　坐っていただけなのに――

人が　一人黙して坐っているときの姿は
さびしく　暗く
花のように　黙していても明るく
そこにあることは出来ないらしい

立ち上って　私は町の方へ
何をするかを思いながら歩き出さなければならなかった

こぶしの花

きのう
群馬県勢多郡富士見村で
こぶしの花を見て来た
私の好きな花
こぶしの花

紫地にこぶしの花を描いた着物を
私は持っている
春　いち早く　この着物を着て私は
好きな人と向かいあう

「あなたが好きよ」と
ことばにしなくても
花が私の心を伝えてくれる
私は花のかげにかくれて
その人からも返ってくる花のことばを聞いていた

富士見村では
七十を過ぎたお年寄りとばかり
お話をして来た
　この村ではどこからでも
　富士がよく見えました

いまは？
いまは　どうも……

ほかにどんな話をしたのだろう
見えなくなった富士の方角に視線をむけて
見えない富士の傍に
こぶしの花を咲かせていた

大好きな花
こぶしの花
今年はまだ
こぶしの花の着物を着ていない

　冷えてきましたね
私はお年寄りの中に身をおいて
夕ぐれの空に見えない富士を見つづけていた

薔薇の木

その木はたしかに薔薇なのです

塀の高さをはるかに越して
二階の屋根近くまでのびている
幹は太く　いかめしいこぶこぶがあり
猛禽の爪のような棘が見える

　薔薇《バラ》ノ木ニ
　薔薇ノ花サク。

　ナニゴトノ不思議ナケレド。*

薔薇色の薔薇がいかめしい枝に咲いている

私は毎日その木の下を通る
駅に出るためにも　夕方の買物にも
その木の下を通るとき
白秋の詩を薔薇の花に捧げる

口紅の色に迷いはじめている私
紅はやはり明るい色がいいかしら？　と

薔薇に聞くこともある

＊北原白秋「薔薇二曲」より

詩集『**野草の素顔**』より

蝶

私のゆく道の先を
蝶がゆく

黄の翅《はね》をきらめかせ

あれは
私の心の中から
舞い出た蝶

これから訪ねる人のところへ
少しでも早く行きたい心が
私の歩みよりも早く

蝶になって舞ってゆく

小さな花

人目につかない
小さな花にも　蝶はおとずれる
蝶をむかえて
花は　はじらっているかのよう
ふるえる　はなびら

ふと思いだす
新学期に若い男の先生が
赴任して来られて
私のクラスの受けもちになられたときのこと

少女たちは
みんな小さな花だった
胸ふくらませ　ふるえて
新しい先生の視線をうけた

詩集『こぶしの花』より

成人式

成人式をたのしみにしている
娘さん
きめ細かな　豊かな丸い頬の
可愛い娘さん
「大人になるとはどういうこと?」
というように
成人式を少しおそれてもいるような
ひとみを私にむけている

大人になるとは　どういうこと?
私も自分に問いかけてみる
それは
愛される立場から
愛する立場に変わることなのでしょう
人への愛　仕事への愛　物への愛
愛する心をしっかり持って
手をさしのべ
役立つ立場に自分をおいていく

「大人になるのは大変ね」
「ええ　なんだかとても大変そう」
娘さんは　ひとみをちょっと
遠くにむけて笑った
父　母　祖母の
日々の姿が思われたのでしょう

さくら

――堀口大學先生ご逝去によせて――

咲きそめた
さくら　さくら
今年も　目に　花を映して
思われる

今年の花を
見ることなく逝かれた
師の君のこと

花は色
人は心

こころこそ
こころこそ
死ぬことのない
命なの

残された
おことば　心にくり返し
さくら　さくら

見上げれば
師の君の笑み
花に重なり

詩集『夢の手』より

白い花

灯を消して
床に体を横たえると
ノートに書き写したことのある
詩の一節が思われて来る
　眠っているものからは降るのだ
　棚引いている雲からのように
　重力の豊かな雨が

リルケの「重力」と題された詩の終連なのだが
私　このとき　微笑を浮かばせている
わが身を横たえて識る
わが身から降るゆたかな雨に
私は微笑をむけている

その微笑は　私がはじめて生んだ子に
乳房をふくませていたときの微笑に結ばれている
　ように思う
私が看護した兵士の
高熱の中で呼びつづけていた　かすかな声の女名
　前に
私が答えていたときの
兵士の微笑　私の微笑　にも似ているように思う
遠い過去の年月から　立ちもどって来た私の微笑
よ

闇に白い花が開いてゆく
白いむくげの花のような
私が私自身にむける微笑の花を闇に咲かせて

私は眠りに入ってゆく
私はもういまは　悲しみに眠れない夜を持ちたいとは思わない
闇に目を見開いたまま悲しみを見つめつづける力も消え去っている
私の心はもうどこへ行くこともなく私の中にあって
私を眠りに引き入れてゆく
毎夜　私はそうして眠る
私一人を包む闇の　眠りの　平和を思って——
窓の外の軒下には　白猫が眠っている
昼間何度かこの家の庭に来て　縁の敷居に前脚をかけ
家の中をのぞき見している猫
宿のない猫が　この家の軒下に来て眠っている
猫もいまは雀を追うこともなく
庭の柿の木の幹で爪を研ぐこともなくなっていた
猫も白い花になっている

夕陽

この辺り静かなのですね
帰りがけの門灯の淡い明りの下でその人は言った
ええ　とても静かです　物音一つしませんわ
私　門口の萩の傍に立って　萩の花の紅色を摘みながら答えている
一人ではさびしくありませんか?
え?　その声を聞いたような　聞かなかったような
顔を上げたとき
人は門灯の下を離れ　後姿のまま暗い小道の角を

曲って行った

萩の花は散りつくし
葉も黄ばみ　散りはじめて
枝の乱れをあらわに見せはじめている
家の出入りに　そんな萩の枝に触れ
行きずりの人がふと笑みかける　そうしたほんの
　わずかな間の笑みに
その時の間だけをあたためられ　日が過ぎてゆく
人の心は　いつもわからない　私の心でさえ
人を恋うる思いと　拒絶の思いが入り混り
「一人ではさびしくありませんか」
あのとき　その言葉がたしかに言われたとしても
「はい」と言うか　「いいえ」と言うか
昨日私は　午後の便で福岡に飛び　玄海灘を見下
　ろす宿に眠り

今日の午前中〝講演〟と言うには面映ゆい話をし
　て来た
「生きるよろこびをつくる心」
（自分を支えてゆくための言葉を作り出してゆか
　なければ……）
これは私自身への語りかけでしかないのだ
帰途の機上で私は眠りつづけた
この日　昭和59年11月1日　帰宅して手にした新
　聞には
インディラ・ガンジー女史の死が報じられている
サリーを鮮血に染めて――玄海灘に沈む夕陽の赤
　かったこと！
死に沈む彼女の心に　その死はどのように意味づ
　けられたことか。

貝の名

どんな雑草にも名があるように
どんな小さな貝にも名があるのです
両手にすくう私の手の中の砂をのぞきこみ
小さな貝の一つ一つをとり出して
その人は自分の手のひらにならべていった
松虫貝　螢貝　トマヤ貝　菊ノ花
白玉貝　八重梅　唐松　散牡丹

散牡丹の小さな紅色から
今度は私がその人の手の上をのぞきこみ
貝の一つ一つをとり上げて
私の手のひらに移してゆく
散牡丹　唐松　八重梅　白玉

なんだか遊女の名のようね
名のない小さな貝をあわれんで
遊女たちが自分の名をつけたのではないかしら？
ここは昔の港町
さきほど二人でぬけて来た細い道は
古い格子窓の家がならんでいて
そうした女のひとを思わせていた

貝は小箱に入って書棚の片隅におかれてある
チロチロチロチロチロ虫が鳴いて
私も人の名を呼びたくなる夜
小箱の貝を手のひらにならべてゆく
貝の名を一つ一つ呼んでならべていると
あのときの　私の指にかかった人の息の
そよとしたあたたかさが思われてくる

橋

年に一度の年の瀬
隅田川にかかる橋の上で待ち合わせ
なべものなどをいただいて別れる
河口近くの川面は　夕陽に燃えている
「今年も　きれいな夕陽ね」
夕陽のことしか言わないで
夕陽の燃えるのだけを目にしみ込ませて
「また来年——」

いつの年か
夕陽が沈みきっても　待ちつづけ
橋の上に立ちつくす
どちらかに　そのときの来ることを
思っている　別れぎわ

寒夜

テレビを見ていて
声を立てて笑った
私の笑い声
消えないままに止まって
私をこわがらせている

笑いは　人と分け合うものではなかったかしら?
ああ　おかしい　と　笑い合って
笑い声は　お互いの心の中に吸いとられてゆく
私のほかに誰もいない
この家で立ててしまった私の笑い声

ゆき場もなく
私の上に落ちて来て
私をこわがらせている
狂女の笑い　鬼女の笑い
荒野の中の一つ家に住む老婆の笑い
そのどれかの笑いに似ているよう

家の戸をゆする風音におびえることもなくなった
　私が
私の立ててしまった笑い声におびえている
窓の外の深い闇

寒夜

夢の手

夢の中で手を握られていた
私の手のひら
ぴたりとその手のひらに重なり　握られて
歩いていた
風景もなく　人の姿もなく
ただ　握られる手の　安堵の中で歩みつづけてい
た

目覚めると　私の手
胸の上にのっていた

このごろの私　夢の中でいたわられているらしい
眠りの中で胸に手を置く癖はつづいていても

そのために　おそろしい夢を見ることもなく
いまも私の手　胸の上にあって
握られた手のあたたかみを追っている

身を起こし　朝の身じまいをする間も私　手のあ
　たたかみを思い
夢の中に身を置いている

このごろ見たいくつかの夢の切れ切れ
姿のない人の手に包まれ　抱きしめられていたこ
　ともあった

姿のない手に抱きしめられるのも
姿のない手に握られ　どこへともなく歩きつづけ
　るのも
　ほんとうは
おそろしい夢なのではなかったか？

閉ざされる窓

今日も　閉ざされたままの窓を見て通る
ひくい垣と小さな庭
表通りに出るぬけ道の　人通りの少ない小路
窓は　垣の外から声のとどく近さにある

　○○さん　いらっしゃるの？
私は声をかけたいのだが
その家の表札の文字は薄れていて
読みとることが出来ない
名を知らないまま　私は
小さな庭の手入れをするおばあさまと
声をかわし合って来たのだ
　よく咲きましたこと！

一枝お持ちなさいませ
さざんかの一枝をいただいたりして

閉ざされたままの窓
ふた月　み月と　日が過ぎて
いまはもう　たとえ声をかけたとしても
とどかないことへの思いが深い

前を見ても　後を見ても
閉ざされた窓を見るようになった
開かれた窓から少女が笑みかけたとしても
私が笑みを返す間に　少女は老い
窓は閉ざされてしまう

その少女は
さざんかの花枝を下さったおばあさまであり
そして私なのだ

秋の海辺

砂浜の　轍の上を
秋風が吹いている

秋風に吹かれながら
轍の上を
たどってくる人がいる

老いた姿のあのひとは
現実の人なのだろうか
自分の残した轍をたしかめに
遠い国から立ちもどって来た
人のように見える

あの人は　ときおり立ちどまり
ひからびた海草に似た
思い出を拾い集める

下弦の月

この家にもう
人の寝息を聞くことはなかった
深夜　ひとり　湯をわかし
お茶を飲み
音立てている私
用もなく階段をのぼったりして
二階の窓に　下弦の月を見る
月は赤い
私の体の三分の二　それ以上も
あの月のように影の部分になっているのだ
残された部分を赤く染めて
私はきょうも笑みを浮かべて過ごした

まんまるい　明るい光を持つことが
私にはなかったように思う

満月を見上げるとき
私は幼い目になっている
幼い日の私が
まるい頬を月に向けている
私が　私自身について思うことがなかった幼い日
に
私の満月は終わっていたのだ
じっと目をこらせば
円のりんかくがほのかにわかる

いま残された下弦の月
不気味な赤さ

夏実子

三歳になる夏実子が
ハンカチーフをたたんでいる
花模様の小さな子供用のハンカチーフを
行儀よく坐ったひざの前にひろげて
正方形のゆがみが少しもないように
手のひらでのばし　のばし　調えてから
手前の両端を持って　向う側に重ねて　二つ折り
に
二つ折りから　四つ折りに
それをまた折りたたんで　小さな四角に
角の重なりがきちんとそろうまで
時間をかけてたたみ終わると
手にとり
頬にあてて　微笑を浮かべる
そしてまた　ひざの前にひろげて
たたみはじめる
夏実子のひとり遊び
静かに　しんけんに　くり返す　ひとり遊び
「夏実子ちゃん」と呼んでも聞こえない
「上手ね」といっても顔を上げない
私も静かに坐って　見ているだけだ

　吉野なる夏実の川の川淀に鴨ぞ鳴くなる山か
げにして
——湯原王《ゆはらのおおきみ》——

夏実子の名は　万葉集から　伊藤桂一さんがつけ
てくださった

夏実子のひとり遊びの間　私はただ一度訪れた吉
　野の里を思っている
夏実の川と呼ばれる　川淀の
水の面を目に浮かばせている
忘れるともなく　心の底に沈ませて
静めたままの旅の日から
月日はもう　ずいぶんと過ぎている
……過ぎし月日の川淀に鴨ぞ鳴くなる……
この幼い子の髪のつややかさ
「夏実子ちゃん」ともう一度呼んでみる
たたむ手の幼さにも　もう匂っている花の仕草

耳朶

「ね　ね」と
六歳の少女が身をよせて来て言った
「わたしのみみたぼ　すべすべふわふわ
　とてもやわらかいの
　わたし　びっくりしてしまった」
少女は驚きを瞳に込めて告げ
私の手の触れるのを待った

私　突然　花吹雪を浴びた思い
すぐには触れかねている
私も持っていたのだった
やわらかな耳朶
そして私は触れた
幼い瞳にせかされて　黒髪の下の耳朶
「ほんとうに!
　すべすべ　ふわふわ　とてもやわらかね」
幼い驚きの言葉をそのまま真似て

花吹雪の中

その花びらのひとひらに

薔薇

「まあ見事な薔薇!」と　私
F夫人の手からいただいた
大輪の薔薇の花束

見事すぎて　造花のよう
花束を受けるとき
私の目は　そう言っていたのだろう
薔薇は　そんな私を哀れむように
よい香りを伝えて来た

　主人が日曜ごとに消毒をして
私が毎日手入れをして
もう何年も　毎年咲かせていますの
うちの庭の薔薇園
道を通る方がどなたもほめて下さいます

ホワイト・クリスマス
ブルー・ムーン
ケネディ・レッド
一輪　一輪に指さしのべてその名を告げる
夫人の笑みの明るさに
ああ　と私　この薔薇が造花でないことを
再び思うのだった

若い日の私があこがれ描いたことのある風景
薔薇園のある風景
幻に終わったままの風景の中から夫人は笑みかけ
　て来る
「夫が切ってくれましたの　ぜひ差し上げるように

と」
「ありがとう　うれしいわ」
私は　私の知らないままに終わった薔薇園の
薔薇の香を深く吸い込んだ
その香に私　むせるかしら？
いいえ　もうむせることもないでしょう
そんな会話を　心の中でして。

おばあさん

おじいさんが
話す同じ話を
おばあさんは
いつも
はじめて聞くようにして
「おや」とか「まあ」など
感嘆詞も入れて
聞くのでした

おばあさんが話すとき
同じ話になりかけると
――そうとは限らないのに――
おじいさんは
「それ　もう聞いた！」と
話の腰を折るのでした

ポキンと折られた　話の枝
庭に来る　番《つが》いの野鳩も飛び去って

おばあさんは
おじいさんの着物のほころびをつくろいながら
若い日からのつづきの

愛についてを　おもうのでした

雪の下

いろりの火が　とぼしくなりました
寒さに身を小さく　小さくかがめ
残り少なくなる火を見つめていた　おばあさんは
思わず　いいました
「あなた　抱いて！」
おじいさんは　一瞬　不思議な声を聴くような
遠い目をし　その遠い目のまま
おばあさんの肩を抱きました
おじいさんの胸は薄くなっていました
こうして抱かれることを
どれほどの月日
忘れて過ぎて来たことでしょう
おばあさんは　おじいさんの胸の薄さがいとおしく
しっかり身をよせました

いろりの火は消えかかり
いのちの火も細まりながら
おばあさんは
花嫁のように　頬の熱くなるのを覚えました

雪は　いままでにないほどに
降りつづき　降り積っています

おじいさんと　おばあさんは
抱き合っていました
いろりの火の消えつきた　闇の中
おばあさんは　桃の花咲く中に身を沈めてゆきました

雪は　その下深く　家を埋めて　なおも降りつづい
　ていす。

道

この道は
たしかに一度　来たことがある
私はたしかに　袖の長い着物を着て
その袖に草の実がついて
誰かの手が
草の実を払ってくれた
足もとの石のかげに
昆虫が一匹死んでいる

死を境に
新しい日がまた開け
新しい生がまた続くのだろうか
たしかに来たことのあるこの道
それが私の　別の生の日だったということも
ありうるかどうか——

叔母

八十九歳　床についたままの
叔母を見舞うと
閉ざしていた目を開けて
「ああ　いま　ちょうど
　あなたの小さいときの夢を見ていたところ
ほら　あの雪の日

私と寒詣りに行ったでしょう
どうしても一緒に行くと言ってね」

叔母は　私の記憶にはない
幼い日のことを語っている
細い手が　私の手を握って
「ほら　こうして手をつないで　雪の道を」

私　この叔母が好きだった
叔母を慕って——母以上にも——
叔母のあとばかりをついていた

叔母の手に握られ
握り返していると
記憶にないはずの雪の道がうかんでくる
雪は花びら
どこまでもついてゆきたい道

と　叔母は手を離した
「さあ　もうお帰りなさい
私は大丈夫　夢のつづきを見ますから
こうして目を閉ざせば　昼も夜も
たくさんの夢が見られます」

まるみ

めんどりが卵を抱いている
ふっくらとした　純白の羽のまるみ
おだやかに　ふっくらと
自分の首もまるみに埋めて
めんどりは坐りつづけている

とけてゆく
雪のまるみ

屋根の上の雪も　枝々に残る雪も
おだやかに　ふっくらと
まるみを見せてとけてゆく
雪よ　あなたは
自分を失ってゆくというのに――

めんどりは卵を抱いている
抱きつづけても孵化しない卵を
ふっくらと抱きつづけている

空を見上げて

母は外出の折　戸口に立って空を見上げる
空の色　肌に当る風の流れに
「夕方は雨になりそうね」
一人言を言って傘を持って出かけてゆく

新聞の予報には　雨となっていなくても
母のかんは　当たることが多い
戸口に立って空を見る母の姿は
小鳥のように可憐であった

今朝の曇空を
庭木の枝に止まって見上げている鳥
「トシコ　カサヲ　モッテキテ」
「ハーイ」

鳥は飛び立って行った

時

川の面を
流れて来た一枚の葉

ふとその上に止まった私の目
人との出会いもこのようにして訪れる
一枚の葉は　流れに運ばれ
私の目に結ばれて近づき
姿　形を近々と見せ
そして　遠ざかっていった

私の目の前にあったときは
ほんの束の間だったのだろうか
それとも
「永遠」と呼んでよいのだろうか
私は「永遠」という言葉をまだ一度も口にしたこ
　とはなかった

流れ去って　もう見えない
その彼方を　私の目は見つづけている

鳥
――オーロラの写真から――

鳥がゆく
オーロラの光の中
その鳥　一羽と見えたが
一羽ではなかった
後につづく　一羽の姿
二羽ならば　生きられる
零下48度の空にも
二羽なら
二人なら
生きられる
地の果ての果てにも
灯をともし　食卓を調えて

二人なら
生きてみたい　私も
オーロラの下に

夕焼け

夕焼けは
ばら色
世界が平和なら
どこの国から見ても
どこの町から見ても
夕焼けは
ばら色

夕焼けが
火の色に
血の色に
見えることなど
ありませんように。

リスの目

金色の葉を散らしつづける白樺林の間から
リスが顔を出して　バスの窓の私を見た
リスの目と私の目がほんの瞬間の間　結ばれ
その瞬間の間を胸に残して　バスは走りつづけた
リスの目は
遠くから来て　遠くに去ってゆくものにあこがれる
少年の目を思わせた

モスクワの旅で出会った

リスよ　少年よ
旅の日から十年余の
月日の流れに運ばれながら私は
その目に見つめられている
彼は　私の目に何を見ただろうか
私の目は　何を彼に伝えただろうか?
私は　あこがれの目で見られるほどのものを
何も持たない
あの目は
あこがれを込めていたのではなかったのかもしれ
　ない
バスにただ身をゆだね
遠くへ運ばれてゆくものへの　あわれみ
労わりの目であったのかもしれない

このごろ　リスの目に似た少年の目に
見上げられているときがある

少年は十歳　私の孫

声

新幹線のシートの背をたおし
目を閉じていると
後の席に坐る人の会話が流れて来た
快いひびき
男性の声帯からの　その声のひびきを
シートに身をゆだねて
聞いている
会話のことばではなく
声　そのものに
男性の声そのものに聞き入っている

＊

私の中にひろがってしまっていた砂地
日々は風のように吹き過ぎて
ことばも風のように　用件を伝えるだけで過ぎて
ゆく
私は声について思うこともなくなっていた
いま
無縁の人の　意味を持たない声が
私の砂地の一隅にしみてゆく

＊

私の下車駅を知らせるアナウンスが流れてきた
アナウンス――アナウンスメント――通告
女学生のように私　その意味を思ってみる
〝通告〟にしたがって
私は降りなければならない
私の中の砂地のことを忘れ　声についてを忘れ
アナウンスのままに忘れてはならないバッグを持
って――
降りがけに　通路の壁のかがみをちらとのぞき
表情をととのえて降りてゆく

手の記憶

息子が久々に顔を見せて
「お母さん　ビール　ぬこうか？」
「そうね　冷えてはいないけれど」
私は買いおきのビールを息子の前に置き
センヌキを出し
息子の手がセンヌキをとり上げ
センをぬく手つきを見ている
「コップ！」と言われてあわてて立ち

コップ二つをとり出して
息子の手がその一つを私に渡し
ビールをついでくれるのを見ている
息子は次に自分の前のコップにつぎ
ちょっと乾杯の仕草をして
一気に飲み干すと
「じゃあ」とコップを置いて立ち上った
「忙しいから　また来るよ」
「そうお」　息子を送りだしたあと私は
息子の手ばかりを見つづけていたことを思った

息子の手は　美しかった
三十歳を過ぎたばかりの男の手
若い男の手は　みんな美しい
つややかで　のびやかで　力強い
その手は　私の肩を抱き
「じゃあ」と　挙手の礼をして

日の丸の旗の振られるむこうに消えていった
そしてその手は何をしたか

挙手の礼の　その
ぴんとそろえた手の形を私は忘れない
私は息子の手に　その手を見ていたのだろうか
息子の手は　挙手の礼をしなかった
「また来るよ」と「また」の時間を残していったに
しても
美しい男の手が　挙手の礼をしたまま
消えてしまったことを　私は忘れない

詩集『その木について』より

リンゴの花

「人生って　早いのね　お母さん」
娘が言った
私もいまそのことを思っていたのだった
病室の窓から見える空には浮雲
雲は止まっているかに見えて
移動し　形を変えてゆく
私の病気は案じるほどではないのだが
病室に毎日来てくれる娘
娘は昭和十年十一月　中国東北地区ハルビン生まれ
私は二十一歳だった

「もうすぐ雛祭りね」
話題を変えながら私は
娘を抱いてはじめて外に出たハルビンの春の日
庭にリンゴの花の咲いていたことを思っていた

冬の満月

葉を落としきった欅の梢にかかる
冬の満月
子どものときのように
私は　月の中に兎を見ている
兎を見ている平和が私は好きだ

私は　私の子の小さいとき
兎の話をしただろうか？

私　月明りの下で　餅つきをしたことを思ってい
　る
台湾高雄でのことなのだが
隣家の庭の　臼を借りて
重すぎる杵は　右肩に先ずかつぎのせて
一息入れてから　ふり落す
そんなやり方で　正月用の餅をついた
八歳と二歳の娘からは「上手ね」とほめられて
——
と　案の定　空襲警報が鳴った
月夜には必ず　台湾海峡を越えてやって来たB29
私たち　兎を思って月を見ることはなかったのだ
　った
パパイヤの雌花は　月光に青白く冴えていた
雄花の芳香は　遠い距離からも匂って来た

男の手のない餅つき　男の姿のない正月
餅にならないまま形のくずれた〝雑煮〟をすすっ
　たのは　私の家だけではなかっただろう
欅の梢を渡る　冬の満月
月に兎を見ている平和が私は好きだ
不意に　突然　警報の鳴ることは？

たのしい部屋

貝がら　小石　松ぼっくり
折々に拾い集めてたものが　たまってゆく
針を持ちたくなったときに作る　お手玉
縁日で買う　おはじきも　小棚にのっている

目に止って　つい求めてしまう人形も
ならんでいる
家に来る方が言われる
「まあ　たのしいお部屋！」
そう言っていただくとき
私は　幸せな思いに満たされる
私の人生にもあった山坂のつらさも
たのしい風景に変っている
「いつまでもいたくなるお部屋」
お客さまは　帰りがけにも　そう言ってくださる
そう
ほんとうに！　いつまでもいたくなる！　と
私も思う

ボタン

「ボタンが落ちそうで
　つけなおしてくれますか？」と
その人はいった
「ええ　お安いご用よ」　と　私は
その人の上着の重みを受けて
針箱の置いてある部屋に入った

その人と私は
もしかしたら
たぶん
針箱や食器棚のある部屋に向きあって
暮らせたはずだった

その人と私は〝そのとき〟をはずしてしまったので
その人は客間に一人坐って
新聞をひろげている

私は　扉を距てたこちらで
針に糸を通している

ボタンをつけなおし終えても
私はなおほかに　つくろう部分はないかと
探している
上着の重みを離しかねて――

影

不意に
あなたがいなくなる
そのようなことが
ありませんように

散り敷く花びらの
上に
樹の影

人の形した
樹の影

鐘の音

鐘の音が渡ってゆく
老松の上を過ぎ
欅の梢の枝々の間をぬけて

いま　少年の撞いた鐘の音　の
まろやかな響き
少年は　肩をすぼめるようにして鐘楼を降りた
もっと強い音を出したかったのだろう

一九八八年を迎える鐘の音
家の近くの真言宗玄国寺では
一般の人に除夜の鐘を撞かせて下さる
私も　順を待つ列に加わって
一人一人の撞く鐘の音を聴いている
強く高すぎるほどに撞かれる鐘の音
弱く終る鐘の音
人それぞれに鐘の音は違う
誰しもよい音を出したいと撞木の綱を握るのだろ
　うけれど
私は少年に告げたかった

あなたの鐘の音　のびのびと空に渡っていったこ
　とよ

私の鐘の音はどのように響いたことか
諸行無常　寂滅為楽
わが鐘の音は
空にもゆかず　地にも吸われず
わが胸の中に――

満月に誓い月明りに足元を照らされて帰った

産卵

海亀は　長い時間をかけて
砂浜に穴を掘り
卵を生み落します

海亀は　星空を見上げ
星の一つ一つを見つめながら
産卵の痛みに耐えました

私は海亀の傍に坐って
長い痛みの時間をともにしました

ようように産卵を終えた亀といっしょに
卵を砂に埋めました

徳島　日和佐の海辺
亀はそして海に帰ってゆきました

私は亀を見送ったあと
卵を埋めたところにもどろうとしましたが
もうそれは　どの辺りか
わかりませんでした

蘆溝橋

この橋を渡ってよいかしら？　と私
橋のたもとに足を止めている
空は広く　初秋の光が満ちている静かな村にかかる
石の橋
橋の上にいま人の姿はなく
両側の欄干に坐る狛犬の姿だけがあった
狛犬は一メートルほどの間隔で並んでいる
いくつもの時代を過ぎて　おだやかに坐っている

こちらから　向こうに　私は橋を渡りたい
子供のころ　橋の上で遊んだように

欄干の一つ一つにも触れて——

渡っていいかしら?と　私
一番手前の狛犬に視線をむける
この橋が「蘆溝橋」だから
私が日本人だから
子供の心のままでは渡れない

マルコ・ポーロが「世界でいちばん美しい橋」と
　言った橋
狛犬の数は片側に一四〇　両側合わせて二八〇が
　向い合って坐っているのだ

子供の私が渡っていく
狛犬の視線の中をスキップして
手をのばし　背のびして　狛犬の一つ一つにも触
　れていく

明るい優しい日差し
銃声はどこにもない

狛犬は　じゃれる仔犬を前脚で押さえていたり
首にさげた鈴をなめさせていたり
夫婦むつまじく体をよせ仔犬を抱いているのもあ
　る
　こんにちは　こんにちは
狛犬はうなずいてくれているように見える

渡り終えた子は　向こうのたもとの石に腰をかけ
　日なたぼっこしているおばあさんに
髪をなでてもらっている
あれは　私を愛してくれた祖母の手
いいえ　北京で暮らしていたときの日々　私の家
　に来て
私と　私の幼い娘を愛してくれた優しい人の手だ

一九三七年　七月七日の銃声！
あの人は私と娘を抱きよせて言った
「私達は友達　肌の色も目の色も同じ　いつまで
　も私達は友達」
あの人の目が　向こうのたもとからこちらを見て
　いる

私　この橋　渡ってよいかしら？
私　まだ問いかけている

川堤にそよぐ草　空に浮く雲
村は平和にしいんとしている
一九八六年の　初秋

孔雀一羽

孔雀が一羽
金網の中にかわれている
房総半島の尖端　館山の丘の上の公園
夏はとうに去っていて　人影はなく
私一人が金網の前に足を止めると
孔雀は　静かに羽をひろげた
私をおそれてか
私へのあいさつなのか
ひろげた羽は痛んでいて
孔雀の老いを見せていたが
　きれいね　と　私は言葉をおくった
前世　というものが　本当にあるのなら
私の前世は　この孔雀だったのではないかしら？

丘から見える夕ぐれ近い海の色が辺り一面にひろがって来て
ここに一人いる　私のいまのときが
わからなくなって来る
羽をひろげて　閉じて
閉じた羽を　ひろげて
そして孔雀は　目を閉じていった
ひろげた羽の痛みをみせたまま

ギリシャの旅から

私の手はアクロポリスの円柱に触れ
私の足は古い劇場の石段を踏んだ
私の目はかがやくオレンジの実と重なり
風になびくオリーブの葉とともにゆれた
ギリシャの道は　すべて

オリンポスの山に結ばれていて
私の耳は神々の声を聞きとろうとしている

＊

鼻のない　腕のない　片足のない
破損のままに立つ神々の像は
失った空間の
見えない部分に真実をこめていた

＊

オリーブの葉を背に積んで
ロバは二千年の昔からの長い道を
歩きつづけている

＊

ブズギの音楽にあわせて
ギリシャの若者と踊った　クレタ島の夜
小屋がけの酒場の屋根の上を
はげしい驟雨がすぎる

＊

ロードス島の渚の白い小石
エーゲ海の青　トルコの山脈をみながら
手に遊ばせるなめらかな白い小石

*

日は西に傾き
ぶどう畑の間の道を羊飼が帰る
私　サッポーの目をして見送っている

*

アーモンドの花の淡い紅の色
サヨーナラ　ギリシャ
大理石のかけらと　淡紅の押花が
誰にもあげない私のおみやげ

食事

朝のパンを鳥と分けあう
庭に来る交《つが》いの野鳩
夕食を猫と分けあう
どこの猫やら　庭にぶらりと姿を現わす三毛猫

野鳩も猫も私に馴れないまま
食事だけをとりに来る

野鳩はいつからか一羽だけになっていて
三毛猫は　目の鋭さを増し　毛並は汚れてゆく

暖冬と言われた今年の冬だったが
二月の末になって寒さがもどり
三月に入って雪が降り
そのあとも庭に霜が下りて
そんな朝　カーテンを開けて庭に向けた目に写っ
　たのは
異様にたくさん散っている灰色の羽だった

その羽は何かと目をこらせば　尾羽と思えるもの
翼の羽毛と思えるもの
桜の木の二股に別れた幹にべったり張りついてい
　るのは胸の辺りの和毛か
それらの羽の一つ一つを合わせると野鳩の姿が浮
　き出て来た
以後食事を分ける相手はなくなった
桜の蕾はふくらんで　桜の　あの幹の辺りにも蕾
　の紅色が見えている
写真の中で笑っている母に朝夕のお茶を供えて私
その紅の蕾を見ながら一人の食事をする
三毛猫はそんな私を　塀の上などにねそべって見
　ているのだ
食事を与えられなくなった理由を
猫も承知しているらしい

山への思い

妙高の山を窓に見ながら
髪をとき
お茶を飲み
なお　山を見つめながら
山の心を知りたいと
願いつづける
山の心に近づきたいと
思いつづける

山はいま
冬の前ぶれの
冷たい風のなかにあって
落ちつきを　さらに増している

枯草の根を
静かに抱いている

その木について

見られている　というのか
見ていてくれる　というのか
カーテンを閉ざして眠るときも　私は感じている
金色の　木の実たちの目を
昨年の秋からずっと

その木は小径を隔てた隣家の庭にあって
ほどよい距離で　私の坐るこの二階の窓に向きあ
　っている
その木は老いているように見える
その木は以前からそこにあったように思われる
が　その木について私は気づかずに過ぎていたの
　だ
木に見られながら　私は　木を見ることがなかっ
　たのだ
日々忙しく動きまわっていたので――

木は　一つ処に止まっている
私もいまは木のように止まって　この部屋の中に
　身を置いている
「足の悪い人よ　歩けないことを嘆くのはおやめ
　なさい」
「止まったもののところには　すべてが向うから
　訪れて来る」
その木は　リルケの言葉を伝えてくる

その木には　尾長　むく鳥　すずめ　小鳥たちが
　毎日訪れて来る

白雲が真上に流れよって来る日もある
今日はそして　春を思わせる柔らかな雨が訪れて
葉を洗っている
金色の実も雨に洗われながら私を見つめている
私も木を見つめている
誰も取らない金色の実　きっとすっぱいからだろう
私は微笑が浮かんできた
微笑をそのまま木にむけていた
歩けるようになる日はいつ？　などとは思わずに

エッセイ

詩と私

五月に入って、小さな蛾が部屋や廊下に飛ぶのが目につきはじめました。見つけ次第に私は、ノートや手のひらで落すことにしているのですが、やはりまだ小さな銀色の二、三匹は飛びつづけています。これは多分、毛織物から発生した蛾なのでしょう。押入れのどこかにそうした場所があるに違いないと思いながら、大掃除をする時間が持てません。

机に向う仕事を持つようになって、私の生活はかなり乱雑になったことが思われます。家庭と仕事を両立させているように、よそ目からは見られているようですが、事実はとてもそうはゆかなくて、家の中のあちこちが気になりながら、みんな後まわしになっています。といって、仕事の方も大したこともなく書きそんじの紙屑ばかり作っている始末です。

ペンを持つことは私にとって大変苦痛であって、性格的にも立ち働く方がずっと合っているのでしょう。

ではなぜ詩を書いて来たか、ということになりますが、書くことを最小限に済ませるために、詩のかたちを借りてきたのではないかと思うのです。そしてもう一つは、家庭ばかりにしばられて来た私の、せめてもの精神的なぜいたくを求めたからでしょう。

娘時代にほんの少しばかり書いていた詩を思い出して、詩のグループに入る機会を持ったのは、戦後間もなくの、昭和二十三年ごろだったと思います。

十年以上も、忘れていた詩を思い出したのは、家庭生活のほかに何か一つ、自分だけのものを持ちたくなったということなのでしょう。それも大げさでなく、家の人には知られないかたちで、と、すっかり忘れていた詩に気がついた感じです。

はじめて詩の会合に出たとき、私の持っていった詩は「これは短歌的抒情だ、現代の詩はもっと感覚的に、比喩を持って語らなければ」というようなことを教えられました。

「私は、詩について全く知らないで過ぎて来たことが恥ずかしく、いまさら詩を書くなんて無理なのだと、自分に言い聞かせたりしましたが、次の会合にまた出かけて行きました。

それは、詩の会合というものが、私に大きなよろこびを与えてくれたからでした。

ここでは、私は「高田さん」と呼ばれて、私個人にむかって話しかけてくれます。

最初にそうして名を呼ばれ、話しかけられたとき、私はぴくっと体がふるえ、思わず大きく目を見開きました。というのも私は、「お母さん」と呼ばれ「おくさん」と呼ばれることに、すっかり馴らされてしまっていたからでした。ここ十年、私はそうして呼ばれて、「おくさん」と呼ばれた次には「みなさん元気ですか、お子さんはいくつになられましたか」というように、話題は、私というものを飛び越えて、家庭のことばかりになって行きます。「お母さん」と呼ばれたときには何か用事をしてあげる立場でもあります。

詩の会合では、誰もがみんな、私そのものに向かって話しかけ、「きみは全然駄目なんだなあ」などともいってくれます。

子供が何人か？　などと聞く人は誰もいません。それで、ある詩人がたまたま私宅の近くを通ったといって立ち寄られたことがありました。そのとき、幼稚園にもまだ上らなかった末の息子がいて、「やあ、きみは子供がいたの」ということになりました。

次に来られたとき、次女がいました。「やあ、二人もいたの」ということになり、三度目に見えたときは長女もいて、「やあ、来る度に一人ずつ増えてゆく、これでは一体何人でてくるかわからない」といわれました。

そんなときも、私はただ笑っていれば済んでしまいます。こうした詩人との交際の中で、ものの見方や思い方の、さまざまなあり方を学びました。

文学としての詩以上に、私は詩人とのおつき合いをたのしくも大切にも思いました。

私の書くものが下手である、というその作品評は、つまり私自身の見方や思い方の甘さの批評でもありますから批評されるときの恥ずかしさは身の置き所のない思いですが、そんな私の様子を察してか会合の帰り道に、ある詩人がいいました。

「人間、生きている毎日は、恥をかいているようなものだ。恥をかくことを恐れてはいけない、しかし、恥をかくことに馴れてしまってはいけない」

この言葉をいまも私は、絶えず自分にいいきかせています。

書くことは、私にとって正にその恥をかく覚悟が必要ですし、恥をかく勇気を持たなければ、一行の言葉もまとまりません。


書くことが全く不得手な私が、いま仕事として持つようになったのは、朝日新聞家庭欄に、詩を連載する機会に恵まれたことからでした。この初仕事は、昭和三十五年の三月からはじまり、毎週月曜日の連載が二年余り、その後月一回となってまた二年余りつづきました。

この仕事以前の私の詩のほとんどは、家庭生活を切り離した自分一人の立場でだけのものでした。私は家庭の仕事が好きですけれど、詩の中にまで家庭を持ち込む気は全然ありませんでした。また、本気で詩というものの意味について考えてみることもなくひとり言のようにしていたといえるでしょう。

大岡信さんは、私が新聞の仕事に恵まれたことについて「冷水摩擦的ショック」といわれています。それはほんとうにその通りで、その部分の大岡さんの言葉を引用させていただきますと、次のようになります。これは昨年、サンリオ出版から出した詩集『砂漠のロバ』によせていただいた解説なのですが――

「毎週詩を書くということは、高田さんにとって全くいい時機にやってきたものだったように思われる。好運というものは、人に必ず一度や二度訪れるものだろうが、高田さんの詩作にとっては『平凡な家庭の主婦』の立場に立って『ありのままの自分を書く』ということが、外側からの要請、すなわち枠組みとして、半ば強制的に設定されたことが、かの現代詩の常套的技法にそろそろなじみはじめていた彼女の詩に、ある種の冷水摩擦的ショックを与える役割をはからずも果したように思われるのだ」。

大岡さんとは、親しくお話する機会もないままに過ぎていて、この解説も出版社の企画によって書いていただいたのですが、大岡さんが見通されたとおりでした。

昭和三十年十一月に詩集『人体聖堂』を私はまとめていますが、この中のものは「現代詩の常套的技法」に私が四苦八苦していることが思われます。現代詩というものは、こう書かなければいけないのだと私は思いこみ、その思いに縛られていることに息苦しくもなっていました。その上に体の調子がおかしく、手足が冷えてしびれたり、よろけてすぐ転んだり、高い熱が突然出たりしていました。

そうした体が不安で、いつも自分の体を見つめつづけていた時機でもありました。

『人体聖堂』という名がそうであるように、詩の中の言葉も、体に関する文字ばかりがでて来て、暗いものばかりです。

黒い船体のイルカよ
おまえが私を飲みこんだとしても
おまえの胃袋に私はじっと
こんな姿のままに座りつづけるので
ときおり空に飛びはねては
地球をひと廻りしたあげく
やはり　この港に吐きだすでしょう

くもった海は
暗い砂漠の砂のうねり
桟橋のはずれに
私はいつまでも座っている
脳漿がたぎるようなのに
こんなに手足の冷えるのは
私の中に不思議な風が吹きあれているから
月光のように皮膚をぬらし
メスをかざして入ってきた風
たちまち強いはばたきで
内臓のバランスをくずし
私のせまい臓器の間を
うずまき駆ける季節風
このまま
あたたかい血肉となって凪ぎるのか

それとも私を押したおして
遠くへ吹きぬけてしまうのか
不安な時間を抱いたまま
私はじっと待っている
この風の通過してしまうのを（後略）

（「季節風」）

この詩はモダニズム的な手法を真似たのかも知れませんが、いま読み返すと気味悪くなるほどに体についての言葉がでてきます。でもこのときは、これが実感で、後にわかった私の病名は脊髄腫瘍であって、病名がわかるまでには五年ほどの月日がかかり、私はだんだん歩けなくなっていました。

家庭欄の詩のお話があったのは、昭和三十四年の暮近くであって、それは、手術によって奇跡的に健康をとりもどした直後でもありましたから、大岡さんのいわれた詩法の上の「いい時機」と同時に、なおもっと大きな「いい時機」だったということが出来ます。

この病気の苦しみを知らなかったら、月曜日の詩はとても書けなかったと思いますし、また、詩を仕事にしようという勇気も持てなかったでしょう。

だんだん歩けなくなるという恐い病気の進行の中で、私は、さまざまなことを思いました。「もうすぐ死ぬのよ」と思って見る生の世界の美しさ、いままで出会ったさまざまな人のこと、人が怒ったり泣いたりするのを見ても、そうした感情を起す生命の熱さの方が胸にしみました。人が歩く、というただそのことさえ、何んと不思議な力があることかと、見とれてもいたのでした。

仕事という形で詩が私の前に来たとき、詩とは何か、ということも本気で考えることになりました。「詩とは何か」については、それぞれの詩人の立場からいわれていることですが、私の場合、最後にたどりつくところは、私をとりまき、私を生きさせてくれるもののやさしさを探るところにあることが思われました。

新聞の詩は、写真とコンビの、行数も限られた短いものでしたが、写真の風景や人物を出発点にして、私は思い出の総動員をし、子供時代から今日までの、どんな小さなことも思い出し、その一つ一つを手にのせて、果実の重みを計るようにして、詩になる部分を捜しました。

リルケは「マルテの手記」の中で、「一行の詩を書くためには、あまたの都市、あまたの人々、あまたの書物をみなければならない」といって、そのあまた知らなければならないことを、たくさんに書きつづっています。それは、あまたの禽獣、あまたの花、星、病気、死、旅寝の夜々、あすこの海、ここの海、というように、あらゆる出会いというものを書いているのですが、「詩は感情によって書かれるものではなく、ほんとうは経験から生まれるのだ」という言葉も、私の心に深くしみました。

そして、思い出とは、ただ遠く過去の時間にポツンとあるのではなく、現在の私の体や思想を形作っている細胞のようなものだということにも気がつきました。

私が思い出の中から捜し出すことに努めた詩のテーマとは、その細胞の価値とでもいうような、思い出として甦って来たことの意味を探るところにありました。

それはたのしいようでとても辛棒のいる作業です。夜の時間はすぐに過ぎて、気が付いてみると窓は明るくなっています。

でもそうして書くことで、書いたものから逆に教えられるということが多いようです。

一行一行、知らない道をたどるようにして書きながら、書き終ったときに、はじめて何かがわかる、詩とはそういうものではないかしらとも私は思います。

言葉が見つからないで捜すことも、自分の見方や思い方を探りなおすことでもあります。

書き上ったものがよいか悪いかも、自分では全くわかりません。ただ、自分はたしかにこう思ったのだ、こう思いたいのだ、という良心の証明だけが頼り、ということなのでしょう。

発表するのは恐く、心細く、新聞社に原稿を持って行っても、すぐ受付に行くことはなく（?）社の建物の周りをぐるぐる廻り、原稿を開いては読み返し、喫茶店に入ってまた書き直したりと、そんなことをつづけました。

この思いはいまも全く同じで、時間ばかりをかけていますが、いま、私は、ほんとうに詩が好きになっていることを思います。それは、詩を書くことが好き、ということとは少し違って、詩を書こうとする心が好き、ということになるようです。多くの詩人たちの作品に触れるとき、その作品の生まれるまでの心の過程の美しさに打たれます。

私はいま『野火』という詩誌を出しています。これは、「私も詩を書いてみたい」と、原稿を送られて来る方がたくさんいらっしゃることからはじめた詩誌で今年で七年目を迎えています。会員の大半は主婦であり、六十を過ぎていられると思える年配の方もかなりおられ、また、若い娘さんや男性もおられます。そうした方々の作品を読む時間がいまは多くなっていますが、はじめて書いてみた、というような詩の中にも、その方の人生に対する本気の姿勢というようなものがこめられていて、詩が好きという方は、みんな生きることが好きなのだと思わずにはいられません。

私は、人生が好きというより、さびしさから詩に入ったのですが、それも結局、生への愛着だったことが思われます。歓びと悲しみの、正反対の感情に、同じような愛着を持つようになったことに気づきます。

最後に自作自注を少しそえてみます。

海

少年が沖にむかって呼んだ
「おーい」
まわりの子どもたちも
つぎつぎに呼んだ
「おーい」「おーい」
そして
おとなも「おーい」と呼んだ

子どもたちは　それだけで
とてもたのしそうだった
けれど　おとなは
いつまでもじっと待っていた
海が
何かをこたえてくれるかのように

この詩を書き終った後に、私は自分のさびしがりやの意味がわかりました。子どもの無邪気さとは、「おーい」と呼ぶ、そうしたするという行為をたのしむところにあるのでしょう。子供時代私はこうしてよく遊んだのですが、おとなになってから、海辺で「おーい」と呼んでも、何故かさびしい、それは呼んだら答えてくれるものを待ってしまうところがあって、するという行為だけを楽しむ、という心を失っているからなのでした。人を愛したら愛して欲しい。親切にしたときは「ありがとう」といって欲しい、そうした気持が強いと、いつもさびしがっていなければならないのだ、と反省させられました。

主婦の手

ながい年月お台所をしてきました
刻むことも　焼くことも
お掃除も　せんたくも
みんな手馴れて順序よく
目をつぶってもできるように
なってしまいました

毎日何かしらん娘にも教えます
セーターの洗い方
揚げものの火かげん
そして　ときに
ふっとさびしくなるのです
みんな知ってしまったさびしさ
みんな知ってしまった年月
みんな知ってしまった私の手と
娘の　美しい手

これは娘に家事を教えながら、娘が上手に出来ないことを、叱った後で気づいたことをまとめました。娘の美しい手とは、これから知ってゆくための未知の美しさ、これから知ってゆく手の美しさ、ということなのでしょう。家事に馴れてしまったとき、手はもう老いている。若い人への理解を持たなければと、自分をいましめた詩です。

エプロン

エプロンで手をふく
新しいエプロンを縫ってかけても
やはり手をふいてすぐに汚してしまう
手をふきながら
若い日の母の姿を思うことがある
前かけで手をふきながら
私の髪のリボンをなおしてくれたことなど

そうした私に嫁いだ娘が遊びに来ていう
「私の台所する手つき　お母さんにそっくり
気がついておかしくなるの」

娘の言葉を聞きながら
私の目には遠い昔の厨《くりや》が浮んでくる
私の祖母のその祖母ぐらいの
女の姿を思ってみる
ずっと先の先の未来も想像する
もう地球は満員で　どこか別の
かわいい星に家を建てた若妻が
私の孫の孫の　そんなかわいい若妻が
私の知らない花を生けたり
私の知らない食物を料理しながら
やはり　エプロンで手をふいている
いま私がしていると同じような手つきで――

家事に疲れたとき、こんな空想をしてみました。自分の何気ない動作が、このようにして生きつづけることだってあるのでしょう。

花びら

地に落ちて
花びらは乾いていった

地に落ちて見る
空　雲　光

蝶の翅

地に落ちて聞く
風の音　雨の音
みつばちの翅の音

散った花びらは
それからすべてを愛しながら
乾いていった

病気のときの気持を花びらにたとえてみました。

水たまり

どろんこの　どろ遊び
子どもの好きな　水たまり
ぴちゃぴちゃ長ぐつでかきまぜて
映る白雲をかきまぜて
私も遊んだ

そうして　子どもは
たちまち　おとなになってしまう
石けんでくるくる洗った　ひざ小僧の手ざわりを
母の手に残したまま

どろんこのヘルメット
どろんこの学生さん
追われて　ぬれた　どろんこに
お母さんは思い出しているでしょう
手のひらに包んで洗ったひざ小僧のことを――
もうおやめなさいと
子どものときには　言えた声が
いまは　のどの途中にひっかかって苦しい

この春に訪ねたサイパンの島の
スコールのあとの　水たまり
夕焼雲を映した水たまりが
私の目に残って消えない
どろんこの　ほんとのどろんこの　血みどろの

戦いのあとの水たまりに
たくさんたくさん　数えきれないたくさんの
どろんこの足　どろんこの手が浸ったまま
洗ってあげましょうと　母の手が
空しく宙に差し出されたまま
かなしい島の　水たまりの　赤の色

水たまりは　青い空を映すのがいい
子どもをぴちゃぴちゃ
遊ばせる水たまりであってほしい

この詩は、子どもが水たまりで遊んでいる写真につけたもので、学生デモの水たまり、サイパン島の夕焼雲に染まった水たまり、そのときの私の悲しい幻想も合わせてまとめてみました。

静かに訪れて

静かに訪れて　静かに去って
私をめぐる人たちはいつか移り変ってゆく
けれど私はたくさんのものをもらってきた
日曜学校の先生はオルガンの弾きかたを教えてくれた
支那人のばあやは支那靴の縫いかたを
絹糸で花の刺繡をすることも教えてくれた
ロシア人のマダムはサモワールの沸しかたを
アパルトマンの番人オバーブじいさんはペチカの燃やしかたを
市場のおかみさんはエビの背わたのとりかたを
ベッドに死にかけた兵士は
ふるさとの田畑の広さと　妻の名を
水夫は東支那海の島のかずを
裸の苦力《クーリー》はスコールのここちよさを

台湾娘は苗の植えかたや　パイナップルの皮のむきか
　たを
少年は昆虫の名前を
青年は愛の手紙の書きかたを

そしてそれから
私の産んだ赤ん坊は　その小さな手で私の乳房のあた
　たかさを

それから　それから
いろいろの心の秘密　いろいろの希望
いろいろの哀しみ

私はたくさんのものをもらった
温かく息づくもの
力強くあふれるもの
涙の塩からい味も

私は急に呼びかけたくなる
山の見える小さな駅や　都会のコーヒー店の片隅など
で
——ありがとう　いまほんとうに
　人生を愛することができそうです——と

結婚してから移り住んだ土地や、そこで出会ったさまざまな人のことを思って書いてみました。私はいままでの人生を思ってみるのですけれど、こうして、いろいろのことを教わりながら生きて来たことを思います。思い出の中から語りかけてくる、こうした人たちが、私がすっかり老いてさびしい年代に入ったときには、いっそう身近に語りかけてくれるようにも思います。

　私の作品は、どれも幼なく拙ないことを思いますが、詩を持つことが、私の人生になかったら、貧しい心の生き方しか知らなかったでしょう。

「詩は美しい拷問」と村野四郎氏はいわれています。一篇の詩を書くために、つらい思いをしながら、拷問の果に気づく美しさが、私にとても大切なことであることを思ってしまうのです。

（「文字教育」・'72年夏）

詩の心

詩は美しい文学、といわれています。その〝美しい〟ということが、ことばを飾る美しさのように思われているむきもあるようです。

詩の美しさとは、ことばを飾る美しさとは少し違います。

ことばを意味もなく飾るのではなく、そのもののよさをほんとうに認めたことばが、美しさとなるのです。

花や木や小石や、その他いろいろなんでも、それについてていねいに思い、そのもののよさをよろこび見る心を持つことから、ことばの美しさが生まれます。

「美しさ」とはどういうことか？　と、私はそのことについても思うのですが、美しさを感じさせてくれるものとは、生のよさを思わせてくれるもの、生きることへの勇気やたのしさを与えてくれるもの、そうしたものに触れたとき、私達は「美」を感じるのでしょう。

私はさびしがりやで弱虫で、心配性で、いつもおどおどとしています。そんな自分に、生きる力や勇気、よろこびを絶えず与えてやらなければならない、私にとっての詩は、そのためにあるのだと思います。

若い時代のある日、私は、次のような詩句に出合いました。

生きていなさい
——星がわたしに言いました
お日さまも　森も　小川も言いました。

生きていなさい
——野辺の花が
わたしを仰いでささやきました……

これは、病弱で若死したロシアの詩人ナードソン（一八六二〜一八八七）の詩句ですが私は強い励ましを受けました。野辺の花が「私も一生懸命に生きているのよ」といっている可憐な姿が浮かびます。そして、人間以外のさまざまなものからでも、このように、ことばを聞きとることの出来る心を持たなければならないことを学んだのでした。

ゲーテには次のような詩句があります。

わたしは我慢ができなくなると
地球の辛抱づよさを考える。
地球は毎日毎日くるくる廻り
毎年毎年大廻りをしているそうな。
わたしだってほかにどういう仕方がある？
わたしもこのママさんの例にならおう。

（「好範例」牛塚富雄訳）

この詩に触れたとき、私はゲーテほどの人も、いらいらするときがあって、このようなだめ方を思いついたという気がするのです。

母の瞳《ひとみ》　　八木重吉

ゆふぐれ
瞳をひらけば
ふるさとの母うへもまた
とほくみひとみをひらきたまひて
かあゆきものよといひたまふここちするなり

八木重吉（一八九八〜一九二七）は深い信仰に結ばれていました。この「母」はマリアさまとされていますが、母そのものとしてとらえてもよく、ふるさとを離れて暮らすとき、自分を見つめていてくれる母のひとみを感じることが出来れば、自分を正し、支える力となります。

詩の心とは、見えないものまで見る心でもあって、現実には見えないものを、描き出して見ること、また、そこに存在しているものの背後にかくれているものを見通す心を持つことです。一本の鉛筆から、鉛筆になる前の森の木を思うことが出来たら、大切にしなければならない心が自然に生まれます。

かくれた価値を見ることの出来る心は、かくれた悪も見通す力を養います。

詩は、何か特に素晴しいものを題材にすることではなく、なんでもない姿で日常の中にあるものに素晴しさを認めることであって、それが生のよさを高めることに役立つのでしょう。「毎日を平凡でつまらなく思う人は、つまらないとしか思えない自分を恥じなさい」というリルケのことばを私は絶えず心に置くように努めています。

（「普門」・'80年10月）

自由詩の探求

——私にとってのフォルム

自分の詩のフォルムについて、いままで特に考えたことはなかった。

一篇の詩がどのようにまとまってゆくかもはっきりとは説明出来ない。

普段は、詩についても思うことなく過ぎている。一か月も二か月も、詩を思うこともなく過ごしていることが多いのだが、ふと筆を持ってみる、という時がやって来る。何を詩にまとめようとしているのかもわからないまま、筆を持ち、紙に向かう。その姿勢を持たない限り、言葉は生まれて来ない。というより、言葉にしようとするものが、姿を現わさない。

姿を現わしたものを、言葉にして置こうとするとき、私は、リズムを考えているように、いま気づくのだ。静かな音律、あるいは一気に強く言い切る音律、明るく弾む音律など、その音律の流れに言葉を添わせてゆこうと思うのだ。

たとえば「椿　咲く」とするか、「椿が咲いている」とするか「椿咲く庭」とするか。

心に音律が流れて来ない限り、浮かび出た対象を文字に、言葉にしてゆくことが出来ない。その、心に音律が流れて来るのを待つ時間が、私には長くかかる、いく日もかかって、言葉にならないときもある。

これをフォルムと言いかえてもよいのかもしれない。

短い言葉の行分けでゆくか、追いつめるような緊張感を思わせる行の長い形でゆくか、その文字の並ぶ形を目に浮かばせて、言葉を置いてゆく、ということなのかもしれない。

朝

男は毎朝
カミソリでひげをそる
そのとき女は
包丁で野菜を刻んでいる
お互いに刃物を使いながら
刃物を感じないでいる

幸福な朝！

男と女の生活の倦怠や危機、それを詩に書けたらと、思いながら、何年もが過ぎていた。

つまり、フォルムがきまらなかったということなのだが、それは私の情念の問題でもあったのだろう。

そしてふと浮かび出た短い言葉のフォルム。

「朝」の時々しぼったことも、そのフォルムに添わせることから生まれた。

終行の「幸福な朝！」を、そのまま、言葉どおりに受けとる方があったら、真実幸福そのものの方なのだろう。

もう三十年もの前になるが、新聞に毎週一回の詩を書いていたとき、一行13字、行数15行以内にまとめなければならなかった。

その限られたスペースの中で書くことが、私には随分と勉強になったのだと思う。

同人誌の場合、行数は自由だけれど、私は、長くても30行以内でまとめたいと思っている。それは昔読んだリルケの言葉が浮かんで来るからだ。

「なんの束縛もない自由はかえって空虚である。薪を戸外で――自由の中で――燃やせばエネルギーにならないが、カマドの中に束縛すれば有効な火力となる」

私は長詩を書くほどの力量もなく、テーマも持っていない。

これからは、透明感のあるあっさりした詩、無心に対象に向きあう詩。無心の美を詩に込められたらと思っている。

（「詩学」・'89年5月）

書きはじめのころ　2
詩と死に結ばれて

堀場清子さんから、このページへのお誘いのお電話をいただいた。久々にお聞きするお声がなつかしく、私にと声をかけて下さったこともうれしくて、お受けした。でも〝書きはじめのころ〟については、「野火」誌の上でも書いてしまっていて、おしゃべりもしてしまっていて、同じことの繰り返しでは気がひける思い。まだ書かずにいたことをと考え考え日が過ぎて、再度のお電話、「ごめんなさい、ごめんなさい、なんとかまとめます」

お詫びしてその夜も机の前に坐るだけで終り、次の日、一月十七日朝日新聞朝刊家庭欄の連載記事――「私」の中の「私たち」――は次の書き出しではじまっていた。

「ちゃめで陽気。そんな一人の中学生が、大空に舞った。唐突な死、であった。死後に白い表紙の手帳が見つかる。そこに詩が残されていた」

この項は何年か前にあった少年の死（私の記憶にもある）がとり上げられていた。

いく日か前の社会面には、マンションの窓から散った少女の死が報じられていて、私は、その年齢のころの自分を思っていた。書きはじめのころが、その年齢に重なるのだから。

「どうして？」「なぜ？」と、家族や担任の先生などの、死の理由の思い当らない言葉も報じられてあるのだけれど、私には、そのころの自分が思われてしまう。

子供と大人の狭間、大人の世界も見えはじめて、その妥協的な生き方がゆるせない。でもいやでもそこに追い込まれてゆく自分、それを拒絶するには死しかない。死こそ美しいと、私は思い続けていた。

そうした私に、社会とは、生活とは、人が生きてゆくということは、というようなことを丁寧に、実生活を通して教えてくれる人はいなかった。

いまの子は、そうしたことを教えられているかどうか？　教育熱心な時代にはなっていても、生きのびる強さだけを強いられているのではないだろうか。

私の家では、父が少年時代南米行きの夢を持っていたことをよく話して、子供達の理解者だったのだが、私が女学校二年の節分の夜、突然倒れて亡くなった。父の死は、それまで全く子供だった私を変えた。母の性格も勝気一方になって、家の中の空気も変った。

死を思いはじめたのはこのときからで、そんな私を友人が小さな文芸誌に誘い入れてくれた。文学的な意識もなく、一冊の詩集も手にしたことのない私だった。

「すずらん」という、そのB六判の、ページ数も少ない薄い本は、詩と短歌と少女達の通信欄で出来ていて、一段組になった人には、竹久夢二、加藤まさを、当時の娘達の好きな挿絵画家の絵ハガキが一枚送られて来た。時代は昭和六、七年ごろのこと。

思えばずいぶん幼い本なのだったが、その絵ハガキ一枚が私にはうれしくて、死への思いを宿題のようにして毎号の発行日を待った。

詩についてより、待つ思いを持てること、そうした拠りどころが必要だったことを思う。

一年か、それ以上が過ぎて、誌上で結ばれた何人かで、毎号目立つ作品を見せていたSさんを中心に「こころ」という同人誌を作り、私も入れていただいた。

Sさんは新潟高田の方で、その雪国からSさんの手で編集発行されて来る、そのことが私の感激で、詩を学ぶという姿勢は、まだ持てなかったのだと思う。死への思いは心から離れず、薬局であやしまれないように少しずつ眠り薬を買ってはためこんでいた。

深夜、白い薬を手にのせて、いつ飲もうかな、と思う。「いつでもどうぞ」と薬からの声がして、その声に休まるのだった。

読書も芥川龍之介、生田春月、死を選んだ人のものに心ひかれた。プロレタリア文学もさかんなときで、林芙美子、佐多稲子（当時窪川姓）など、体当りの生き方を羨ましく読んだ。詩集、歌集、思い深く読んではいても、いまから思えば、ただ感傷に浸る読み方でしかなかった。「もうすぐ死ぬの」とそのことばかり心の中で言っていたのだから。

でも外見、私は元気な娘だった。学校ではおてんばで、笑い上戸で、家では病気勝になった母の世話、掃除も、炊事も、どれとも別れる日のことを思うことで、愛着を持つのだった。

卒業後は家事のほとんどを私がして、日々を迎え過ごしていたのは、「こころ」の発行日が生への引き止め役になっていたのだった。それに私にその勇気がなかったのかもしれないけれど、発行日を待ち、それを手にすれば次の原稿が送りたくなり、またその発行日を待つということで、白い薬は古びていった。

なおそのほかに、死から目をそむけさせてくれたもの、生に目をむけさせてくれたものがあった。

私の家の近くには、隅田川に結ばれる箱崎川と呼ばれた川が流れていて、昔の子供の遊び場は、その川べりか橋の上、縄飛び、鬼ごっこなどに飽きると橋に並んで流れを見つめた。手摺りから身を乗り出して見つめていると、橋の方が動いているように思われる。体が橋に運ばれてゆく。その思いがたのしいのだった。

川の面には緒の切れた下駄、枯れた花、帽子なども流れて来て、遠くにそれが見えはじめたとき、何かを当てっこする遊びもした。

そしてあるとき、目の下に近づいて来たのは、硬直した猫の死骸だった。水に浮き沈みして、びっしょりぬれて。

子供のころのその記憶が、川辺に立ってオフェリアのような姿を描きかけるときに必ず現われて、死から目をそむけさせるのだった。

またある夜、髪を洗い、爪を切りながら、髪も爪も心とは関係なくのびて、私の体そのものは生きたがっている、ということに気づいた。私はそうして危険な年齢を越えたのだが、少年少女の死に、ほんの小さな事柄にしても待つたのしみがあったならと思えてしまう。

「こころ」は娘ばかりの集まりだったので、それぞれが結婚し、時代も戦争に入ったことで消え、現実の死に向きあう戦時下の十年間、詩を忘れて私は過ごした。

私の詩の書きはじめは、本当の意味では昭和二十年代になった戦後からとも言え、真実本気での書きはじめとなれば、なお十年後の新聞連載の仕事となったときからで、四十歳を過ぎてから。ずいぶんと遅い、幼稚さが思われる。でもそれからも二十年が流れ、「野火」を誰でも入れる詩誌として創刊してからも十七年になっている。

「野火」の発行は、昔の私が思われたからで、発行日をたのしみに、生への結びつきの役立ちになればとの思いからなのだった。


（「いしゅたる」No.2・'83年早春）

解説

高田敏子の人と作品

伊藤桂一

高田敏子の人と作品を述べる前に、私が、産経新聞の「二十一世紀に残す本残る本」について『高田敏子全詩集』を推薦した文章を左に引用しておきたい。

――『高田敏子全詩集』（一九八九年、花神社刊）に収録されている、ゆたかな彩りと躍動感に満ちた大部の詩作品のなかで、作者自身が愛惜している作品の一つに「藤の花」がある。この詩は詩集『藤』の中に収められている。

きものの色が
少しずつ地味になってきたように
料理も淡白なものが好きになった
「恋」という言葉も　もう派手すぎて
恋歌も恋の詩も書けなくなった
書けなくなったころから
古い恋うたのこころがわかり
私の恋もまた　深く　ゆたかに
静かに　美しいものになっていった
藤の古木が　千条の花房を咲かせるように。

――右の詩は、高田敏子の詩と人間性を、端的に象徴しているように思われる。詩集『藤』は一九六七年高田敏子五十三歳の時に、昭森社から出版されたもので、第七回室生犀星賞を受賞している。

敏子は藤色が好きで、右の「藤の花」にもその好みが現われている。五十三歳にしては、老成した詩情心情を吐露しているかに思えるが、彼女は一九八九年七十四歳で死去するまで、つねにみずみずしく、内部に藤の花房を抱えているような魅力があった。

高田敏子の全詩集の中で「朝日新聞」の家庭欄に連載された「月曜日の詩集」は、一九六〇年より四年間つづく。菊地貞三の詩的感覚に富んだ写真を添え、現代詩の世界に清新な刺激を与えることになり、多くの信奉者を集めた。信奉者というのは、敏子の平明で視野の広い、いかにも家庭人らしい作風による「あなたにも詩が書けます。詩を書いて心に潤いを、そして家庭にあたたかさを」という呼びかけによる、読者たちの呼応である。

ハイキング

気むずかしやの係長さんが／こんなに大声で笑うなんて〃むっつりやの課長さんが／こんなに唱歌が上手だなんて〃そして／あなたのズボンのすそには／イノコズチ！／それが　こんなに／おかしいなんて

――

「月曜日の詩集」は、やがて、彼女の主宰する会員詩誌「野火」に発展してゆき、彼女の親しい詩友である安西均、鈴木亨、菊地貞三、伊藤桂一らが合評会を手伝い、隔月刊一四一号までつづき、彼女の死によって終わる。高田敏子は自身の詩業もだが、「野火」に集まった千人近い無垢な詩人たちの養成に奔命し、結局、会員たちの指導に尽瘁して、そのいのちを終えたと思う。これは、カリスマ性のある指導者の宿命で仕方がないが、彼女の挺身的な情熱行動の余韻は、死後もかわらずつづいていて、彼女の衣鉢を継ぐ人たちが、活潑に行動している。

敏子の評伝としては、長女久富純江の好著『母の手』(光芒社刊) が近刊されている。

「雪花石膏《アラハスタ》」と「人体聖堂」

高田敏子の処女詩集『雪花石膏』は一九五四年、日本未来派発行所から刊行されている。高田敏子は内山登美子の誘いで詩誌「日本未来派」に加わり、翌一九五五年に『人体聖堂』を、同じ日本未来派発行所から刊行する。いずれも収録作品の少ない (前者は十二篇、後者は十篇) 詩集で、発行部数も少ない。ただ駒井哲郎、関野準一郎の装画が、それぞれに使われている点を考えると、おのずと敏子に対する周辺の期待と、いたわりの模様がうかがわれる。

右の両詩集には、敏子の、飛躍を準備しつつある萌芽がみえる。敏子は、処女詩集刊行までの習作的な詩作をつづけているころ「宇宙の滴りをうけて」という詩の中に、

私の青い発芽／つる草がのびる／オレンヂ色に澄んだ血が／細い茎をかけのぼり　かけのぼり／小さなランプの花をともす

と歌っているが、やがて彼女の詩的運命に変革を与える「月曜日の詩集」への暗示的な詩句に思えて面白い。しかし『雪花石膏』や『人体聖堂』においては、まだ自身の方向をさぐってゆく過程で『人体聖堂』の中の「不吉な港　Ⅱ」の中には、

この静寂のきわみの中で／期待のようにゆれるくらげの触手／ここに新たな祈りが／はじまろうとするのに／私をひき裂いたものは誰だ／白い肋骨の間からは／やぶれやすい心臓がはみだし／開かれたままの傷口には／海蛇がはいより／奇形な半身をあざ笑う／おまえはどこにいるのだ

といった、詩想は激しいが、まだ暗喩の闇をぬけ切れない、いら立ちも読める。彼女は『人体聖堂』の「あとがき」の中で、

〝私がこうして詩を書いていることは、赤裸々な自分を曝し、自己解剖をしているようなものですが、それだけにまた生きることの喜びときびしさを知つてまいりました。私にとつて日々の生活が大切なものとなり、一歩一歩ふみしめる足もとの草むら、髪をゆする風、気温の変化など、私をとりまくもののすべては、心と対話をする大事な存在となつてきました。でも、こうして限られた世界の中で作られる私の詩は狭く淡くて、いたずらに低迷する朝靄のように思われてなりません。〟

と、述懐しているが、よく自身へのみきわめを持ち、さらに、展開を予感している兆しが、この文意の中にのぞける。そうした彼女の前に「月曜日の詩集」の世界がひらかれるのである。

「月曜日の詩集」をめぐって

高田敏子に「月曜日の詩集」を書かせたのは、当時の朝日新聞東京本社家庭部次長の酒井章一で、この人は、詩をみる、というよりも、敏子の人柄をみる眼が鋭かったのだろう。新聞の家庭欄に「月曜日の詩集」の連載がはじまるとともに、敏子の詩と、詩を通しての人柄の波紋は、多くの読者の中に浸透しはじめた。新聞も敏子も、その反響のよさに、喜びを嚙みしめることになる。敏子自身には、平明で家庭婦人向きの詩を書くことには少々の不安もあったらしいが、酒井次長は充分に満足した評価を、敏子に告げている。「月曜日の詩集」が一本にまとまった時の「あとがき」に、作者はつぎのように述べている。

初対面のとき、家庭部次長の酒井章一氏がこうおっしゃった。「いわゆる詩人の詩でないものを書いて下さい。家庭の人、とくにお母さんたちのために……」このことばをうかがったとき、私はほんとうに恥ずかしく思った。私も平凡な家庭の主婦なのに、なぜいままで

そのことに気づかなかったのだろうかと。

むろん、これは、作者の謙遜に過ぎる言葉でもあるだろう。彼女の力の傾け方を「八月の真昼」という作品で、みてみたい。

あの日／私はあなたをおぶって／つめたい水をくんでいた／あの日／祖国から切り離された台湾の田舎では／太陽がおそろしいほどに明るく／水田には白サギが舞っていた／あの日／おとなりの林《リン》おばさんが／私の水おけに手を貸しながらいった／「これから　私たちの生きるとき！」〃娘よ　宿題は終わりましたか？／かあさんの心には　あの日の宿題が／まだ残っているのです／まちに　人があふれ／ネオンがいくらかがやいても／やっぱり　残っている私たちの宿題〃それで　真昼のかげりのように／ふっと　暗さに落ちこむのです

敏子は夫の勤務地に従って、満洲、台湾と移動したが、台湾で終戦を迎えた時の感慨が右の詩である。詩精神の

みごとな緊張度、しかし、表現は平明を失わない。多くの読者がこの詩から敏子の詩法を学ぶことは、実はよほどむつかしかった。とはいえ、敏子は、無限の読者たちへの思いを、つねにもちつづけて、詩作をつづけ、折り折りに短い励ましの言葉をも、紙上に添えたのである。

そうして「月曜日の詩集」の連載の終わったあとで、集い寄る会員たちのために、詩誌「野火」を発行する。会員の詩的技量には、むろん優劣があり、号を重ねるにつれて力量差もひろがる。しかし、敏子は、誌面に、三段組と二段組に分けるほかは、差別をしなかった。秀作を二段組にしたが、その選考も敏子ひとりでなく安西、鈴木、菊地、伊藤も手伝ったので、公平な評価を失わなかった。従って読者の一体感は、些かも崩れることはなく、敏子は、毎号の合評会のほか、求められれば遠路を遠しとせず、各地のグループのために出向き、詩を説き、詩を通じて人間の真情を説き、自らの清明な人格を、読者たちの身に投影させつづけた。髪ふりみだし、といいたいほど、詩の普及運動に熱心だったのである。敏子は、会員たちの詩集出版の相談をはじめ、家庭上の冠婚葬祭行事、出産から育児までつき合うほど、滅私奉公的な尽力を惜しまなかった。会員たちは挙って、詩を書く喜びと張り合いを誌上に示し、さらに、会員相互の結びつきを厚くした。宗教運動でも、思想宣伝でもない、純粋な文芸趣味の上での結びつきである。そのために、実にさわやかなムードが、誌面にも、人間関係にも醸成されていた。合評会を手伝っていた敏子の仲間たちも、彼女の熱心さに、いつしか感化されてしまった趣がある。敏子には人を魅了する、オーラが備わっていたのかもしれない。

「野火」の刊行される前後、安西均は朝日新聞の学芸部記者で、多くの文人論客と接していたが、高田敏子にも、婦人向きの書籍の書評を依頼していた。左は、安西のそのころの敏子への感想である。

〝高田さんに目を通してもらうのは、おもに実用書といわれる料理とか和洋裁とか服飾・手芸の本であった。いわゆる知名士とか職業的評論家でなく、ふつうの家庭生活の場で、そういう実用書の評価をしてもらいたかったのだ。／たとえば、紹介しようと思う料理の本があるとき、高田さんには台所で実際に調理し、試食してもらうという具合であった。高田さんのお宅には、さいわい二人のお嬢さんと一人の坊っちゃんもいて（いまでは上のお嬢さんはお嫁にゆき、末っ子の坊やも大学生になったが）家族で試食の感想も書き添えてもらえるのである。／ありがたかったのは、この面倒で下積みのしごとを、高田さんは苦労顔をせず引受けてくれたことだ。／高田さんの詩のよさは、その書評記事を書いていた時の態度とおなじく、生活実感がみずみずしくあふれていることだ。自分の手で触れたものを信じ、熱愛する、それが高田さんの詩だと思う。〃

「砂漠のロバ」の世界

詩集『砂漠のロバ』は、一九七一年サンリオ出版刊、装画古沢岩美、作品二十三篇を収録し、大岡信解説。「月曜日の詩集」の十年後の刊行である。この詩集は、高田敏子の諸詩集の中では、もっとも異色の輝きを発しているかに思える。この詩集には、家庭人としての生活風景でない、人の心の深奥へ向ける切実なまなざしがある。表題作「砂漠のロバ」を引用する。

砂漠の町でロバに出会った／私の目に急に涙があふれて／理由もわからないまま涙はあふれつづけた〳〵ロバは荷車をひいていた／荷台には主人が坐り／その後にはふくらんだ布袋が積まれていた／黄色い砂を舞い上がらせながら／ロバは軽い足どりで／涼しい目をして／私の前をすぎていった／その様子はむしろたのし気で／涙を誘う理由はなかったと思う〳〵何故涙があふれたのか／ロバの涼しい目を思いながら／そのことを思いつづけている〳〵砂漠の道は長くのびて／遠い地平の果ての／澄みきった空に　つづいていた

――この作品に作者が「何故涙があふれたのか」と問いかけているのは、たぶん、彼女自身の生活の歴史をかえりみての所感からくるものであったろう。自身の裡にとじこめた悲しみ、それが涙を誘うのである。

この詩集には、大岡信氏のかなり長文の「高田敏子の詩」と題する文章が所載されている。思いやりのこもる、委細を尽くしたかの懇切な解説文だが、その文章の中から、断片的になるけれど、いくばくかを引用させていただく。

〝――私は、高田さんが新聞に毎週詩を書くということと、しかも与えられた写真に即して書くということを何年間か続けて、ついに破綻をみせずにそれをやり終えたという事実に何といっても感心する。伊藤桂一氏が高田さんの『にちよう日』（昭和四十一年）に寄せた序文の中で書いている言葉が思い出される。

「詩人のなかには、その詩から受ける印象と全く同じな人がらの詩人がたまにいる。たいがい平明な詩風で情操の潤沢なひとのようだが、高田さんはことにそうで、高田さんと話していると、なんとなく胸が洗われる。すがすがしい勁《つよ》さからの照射である。高田さんの詩はやさしいが、弱い詩ではない。長い年月、女として、妻として、母として、素朴な生活感情を貫きながら生きぬいてきた、健康で優雅な年輪に支えられているからである。」

伊藤氏はそういって「すがすがしい勁さ」を感じる一因に、高田さんが長い苦しい闘病の歴史をもっていることをあげている。たしかに、高田さんの詩には「素朴さ」と「勁さ」があって、それが新聞という、詩人にとっては大層手ごわい、危険なワナともなるかもしれない場所での制作を支えていたのだと思われる。

伊藤氏の簡潔で行き届いた言葉に付け加えるとすれば、高田さんがその素朴な「女として、妻として、母として」の生活感情を言葉にするさい、ほとんど本能的ともみえるある種の構成力や作像力を働かせているということである。つまり、高田さんには、あらわに目立たないが根強い力をもった技術があるということである。その一例を、大島自然動物園の熔岩の頂に凝然と坐りつづける鹿を歌った詩「動かない姿」の中に見ることができるだろう。作者は淡々と鹿と、鹿を見ている作者自身と、鹿が作者をとび越して作者の背後に見ている曇り空と海の情景をのべてゆく。詩は次のように終る。

あのからだの中にどんな心が動いているか　私は知らない／ただ　鹿の胸のあたりの毛が風にゆれる

と／ほんの少しの間をおいて／私の髪も同じ風にゆれた〟島は椿の花ざかりだったが／この鹿のまわりは熔岩の色ばかり〟

――『砂漠のロバ』の中には、サマルカンド、サイパンなどの外地での見聞を材にした視野の広い作品もある。「視線」という詩の中に〝砲声が硝子戸をゆするたびに／重傷者はうめき　軽傷者は窓によって空をにらんだ／私はもういく日も繃帯を洗い　氷を砕きつづけている〟という詩句があるが、これは彼女が天津塘沽港の臨時野戦病院の支那家屋で、日中戦争で乗下船する兵士らの世話をしていた時の印象である。私はある時彼女に「私も塘沽から乗船しました。その時、あなたは国防婦人会の一員として働いていたのですね」と語ったことがある。さぞ凛々しい姿であったろう、と、私はその場の彼女を想像したのである。

「夢の手」の前後

高田敏子の多くのヴァラエティに富んだ詩集群のなかで、最晩年に出された『夢の手』には、彼女の、死を予感した詩や人生観の、一念こめた成果が盛られている。一九八五年花神社刊、作品二十三篇を収めたこの詩集は、文化出版局の第十回「現代詩女流賞」を受賞する。この時の選考委員は安西均、伊藤桂一、薩摩忠、新川和江、吉野弘などだったが、この席で安西均が「高田さんは野火の世話などで忙しく追われていると思っていたが、自分のための詩も懸命に書いていたんだなあ」と感慨をこめて述べたが、その言葉には、選考委員だれもが共感したものだった。むろん、全員一致での贈賞だった。

高田敏子は、受賞後三年目に死去する。

「夢の手」は表題作だが、その詩の末尾に〝姿のない手に抱きしめられるのも／姿のない手に握られ　どこへともなく歩きつづけるのも／ほんとうは／おそろしい夢なのではなかったか？〟とあるが、この詩に限らず、この詩集には彼女の、どこか寂寞を極めた詩情と心情が底流している。「寒夜」はさらにきびしい。

テレビを見ていて／声を立てて笑った／私の笑い

声／消えないままに止まって／私をこわがらせている〃笑いは　人と分け合うものではなかったかしら？／ああ　おかしい　と　笑い合って／笑い声はお互いの心の中に吸いとられてゆく〃私のほかに誰もいない／この家で立ててしまった私の笑い声／ゆき場もなく／私の上に落ちて来て／私をこわがらせている／狂女の笑い　鬼女の笑い／荒野の中の一つ家に住む老婆の笑い／そのどれかの笑いに似ているよう〃家の戸をゆする風音におびえることもなくなった私が／私の立ててしまった笑い声におびえている／窓の外の深い闇〃寒夜

——敏子は、自分一個の籍をつくって、家族一切と絶縁し、まわりは深い闇の中、きびしい寒夜に耐えて、死去する。長女久冨純江の『母の手』の末章の一節に、つぎの如く書かれる。

一九八九年、平成元年五月二十八日午後二時二十分。七十四年八カ月の生涯が終わった。霊安室で、弟が顔の白布を取り除くと、着替えをすませた敏子さんは、お色直しをした花嫁のようだった。色白のふっくらとした顔、胸元にかかった若紫のこぶしの花の着物がよく似合う。歯を少しのぞかせた口元は重ね塗りした口紅の色も華やかに、可愛らしく微笑んでいる。大輪の薄紅色の芙蓉の花がいま、咲いたよう。

「お母さま、ほんとうにきれいね」

私は何度も繰り返して見とれた。

＊

敏子の死後、会員たちが詩碑を建てた。一つは敏子の住居近くの諏訪公園の庭に。いま一つは敏子が愛した海、布良海岸のほとり安房自然村の丘の上に。この詩碑は鈴木亨の設計による瀟洒でみごとなもので、碑面に「布良海岸」の詩を刻み、台石には藤色の大理石を配した。雨が降ると、その石の藤色があざやかによみがえる。

思い方ゲーム

久冨純江

小説を書いている友人に聞かれたことがある。

「お母様に、詩の才能があったと思いますか?」

一瞬驚いた問いかけだったけれど、私は即座に答えていた。

言葉が閃光のように次々と浮かび出て詩が書けるという意味では、母には才能はなかったかもしれない。でも、誰かがいっていたように、才能とは忍耐力のことだとすれば、母はそちらの賜物を与えられていたと思う、と。

詩になる何かがあるのではないかと対象に向き合い、根気よく光源をさぐりながら言葉を組み立ててゆく努力や忍耐はおしまなかったと思う。実家に泊まった折など、深夜、まだ起きているらしい母の部屋の襖を細目に開けてのぞくと、机に向かう母の薄い背中が見える。長い忍耐の時間を背負っている厳しさが感じられ、軽く言葉をかけることが出来なかった。村野四郎氏は「詩は美しい拷問」といわれたそうだが、この言葉と母の部屋の夜の静寂の時間が重なる。

生前には、母の詩も散文もあまり読んでいなかったので、いま、読みながらいろいろな発見をしている。

母にいわせると、詩はやさしくいえば「思い方のゲーム」なのだそうだ。普段の生活の中で出会う様々なものについて楽しい思い方を探すのが詩。詩は価値ある〝思い方〟をさぐる文学。人間が生きていくにはいろいろつらいことがあるが、そういうとき〝いい思い方〟に気がつくと元気が出る。思い方の遊びが出来ると、いざ逆境に立っても自分の生き方を支えていけるようになり、生活の味わいを深めることが出来る、と記している。

あのとき、私の問いかけに答えた母の言葉は、まさに、この「思い方ゲーム」だった。昭和六十一年のことだ。十一月に母が講師役でフランス・ブルゴーニュ地方にワインの旅をすることになり、私も同行することにした。十一日間の旅行を終えた翌日に、母が信州に講演に行く予定だと聞いて、私は思わず母が嫌がることをいってしまった。

「えっ、帰った翌朝、長野に行くの？　大丈夫？　大変じゃないの」

母はその年、念願のハレー彗星を見に四月にオーストラリアに行き、夏休みは私たち家族とシンガポールへ。そして九月には伊藤桂一氏とともに母が団長となって、主宰している詩誌『野火』に連なる二十六名の方々と成都、重慶、武漢をまわる三峡下りの旅をしている。

その間、疲れた様子を見せながらも約束の仕事──詩や随筆の原稿書き、詩の講座、雑誌や新聞の詩の選、詩集の出版の相談など──を休まずにこなしていた。家にいるときの母は、はかどらない仕事とたまってしまった家事にキリキリしている。お化粧気のない顔色は沈んでいる。けれど、来客があったり外出するとき、鏡に向かって口紅をひけば、体中の細胞が生き返るらしく、肌も艶やかに目も輝いてくる。声も明るく笑い声が響く。その落差の大きさに私は戸惑っていた。

いつだったか、郵便物の整理か何かをしている母にいったことがある。

「疲れているみたい。大丈夫？」

さっと母の表情がこわばり、厳しい口調でたしなめられてしまった。

「そんな言葉は使うものではないわ。せっかくの元気な気持が壊れてしまうじゃないの」

母を思いやったつもりの私の言葉は、じつは、優しさを装った自己満足にすぎなかったのだと気づかされ、以来、体を気づかう言葉には特に神経を使うようになっていた。

だが、フランス旅行のあとの予定を聞いたときには思わず、口に出してしまった。

「大丈夫？」

しまった、と母の顔色をうかがうと、さっぱりした顔つきで素早い返事が返ってきた。

「あら、大丈夫よ。フランスの続きで信州によると思えばいいのだから……」

七十二歳になったばかりの母は、信州まわりのフランス・ワインの旅を無事に終え、休む間もなく次の仕事をこなしていったのだった。

戦後間もない昭和二十三年、母が洋裁の内職のかたわら現代詩のグループに入って詩を書きだすと、男性詩人たちがよく遊びに来られるようになった。フランス映画の全盛時代だったのだろう。詩人たちはジャン・ギャバンやジャン・マレーのようにベレー帽をかぶっていた。詩人たちの熱っぽく語るランボー、ヴェルレーヌ、ラディゲ、ボードレールといったフランス詩人の名前が、茶の間で宿題をしている中学生の私の耳にも障子越しにとどく。母が原稿用紙に向かっている姿は見たことがないし、〝詩〟というものの実体も分からなかったけれど、バラック建ての狭い家の中には、〝詩〟の香りのようなものがただよっていた。

昭和三十五年、朝日新聞の詩の連載がきっかけとなって、母に詩人という肩書きがつき、詩を書くことが仕事になっていった。すると〝詩〟は輪郭がはっきりしないけれど、我が家に現れ出した。詩誌『野火』を主宰するようになると、そのぼんやりした姿は次第に大きくなり、気がつくと我が家の生活の中心に坐っていた。家の中で、母があらたまって詩の話をするわけではなかったのだけれど。

留守がちの父にかわって母がすべてを取り仕切る我が家の家風も、詩とは無縁ではなかったと思う。母の生まれ育った下町の商人気質と、結婚してすぐに経験した旧満州や中国の大陸的な大ざっぱな感覚と、母が詩を書くことから学んだ形にとらわれない自由な考え方とが混ざり合ったものだった。

私の中では、母と詩は切り離せないものになっている。母と詩のつながりは、七十四歳で亡くなるまでのおよそ四十年。十代から詩を書き続けてこられた方に比べると、けして長い年月ではないのだが、その間に何回か辞めようと思った時期があったそうだ。私は知らなかった。

母がともかくも詩を続けてきたのは「詩が好き」、「言葉が好き」というような文学的な好みだけではなかった、という。

「私、考えてみると、詩が好きで好きで熱心に書いてきたというのではないようです。詩が好きなことは確かですけれど、書くのは、おっくう。筆を持って書く態勢になるまでがなかなかなのです。縫い物や台所の方が好き。多分、筆を持つタチではないのでしょう。でも、詩に結ばれる機会があって、そのまま続けてきました。それは『詩が上手になりたい』などという気持がなかったから続いたようにも思います。家庭の仕事以外に、ただ一つ持った詩を、不思議な結びつきと思って、手離さずに来ただけなのです」

「私は自分の詩は本当に下手だと思う。でも、詩を書く精神がとても好き。詩を書く精神は一番正直な、一番厳しい、何か私は一番尊いものではないかと思う。もちろん、その心は音楽とか絵とか、さまざまなものを創るという心と結びつくのだと思うのだけれど。創ることによって、自分の心に喜びを与え、また他人をも喜ばすことができるその精神がとても好きだ」

母はまた、「詩を書くのは私の遊び。遊び好きだから詩を書くのだ」と記している。

「私は人一倍の寂しがりや、気が弱い。少しのことも気になって、絶望することが多い。そのことがかえって何かにすがる思いにさせて、心の遊び、さまざまな思い方の遊びをするようになったといえる。見るたのしみ、思うたのしみ、いろいろのものとのふれあいから思いをひろげて、たのしい思い方を考える。自分の生を、生きる喜びの方へ連れて行く。私にとっての詩は、そうした心の遊びに努力する手だてとなっている」

母は自分を寂しがりやだ、としきりに書いている。私の目には男親の務めも果たす強く頼もしい存在に見えたのだが、いま、詩集を読み返してみると淋しい詩が多い。娘はどうやら母親の本質を見抜けなかったらしい。

一方、母の遊び好きは誰もが認めるところ。凧揚げ大会、お花見、花火見物、朗読会、コーラスの会、スキー教室などを次々と計画し、率先して楽しんでいた。江戸っ子自慢の賑やかなことが大好きだった祖母と、婿養子で肩身の狭い思いをしながらも自分の楽しみを持ち続けた祖父から受け継いだものだろう。

寂しがりやと遊び好き。この二つの性格が、母を、「思い方のゲーム」でもある詩の世界に引きつけたようだ。

母が詩と出会わなかったら？　洋裁の道を真っ直ぐに

進んだかも知れない。でも母の旺盛な好奇心と溢れでる感情を受け止め、寂しがりやで遊び好きの心を満たしてくれるのは、やはり詩の世界以外になかったと思う。

高田敏子年譜

（『高田敏子詩集』新川和江編・花神社（一九九四年刊）より
『高田敏子全詩集』花神社（一九八九年刊）の自作年譜に誤りと記載もれがあったので久冨純江が加筆訂正したもの）

一九一四年（大正三年）九月十六日、東京日本橋区（現在中央区）に生まれる（次女）。旧姓塩田。父政右エ門、母イト。家業は陶器卸商。

一九二〇年（大正九年）東華尋常小学校に付属する幼稚園に。ただし、三カ月ほどでやめる。隣りの席の子が大変賢くて、私はその子の言いなりになっていなければならなかったので。（6歳）

一九二一年（大正十年）東華尋常小学校入学。父母は、幼稚園に行くのを嫌がった私が、果して通学出来るかどうか心配して、当時としては贅《ぜい》沢な赤いビロードのカバンを買ってくれた。カバンもうれしく、学校も好きになって、毎朝校門の開く前に行き、小使いさんが門を開けるのを待っていた。（7歳）

一九二三年（大正十二年）関東大震災。本所方面に上った火の手が隅田川を越えて、女子供が先ず先に逃げた。祖母、母、姉、私、弟。道は避難の人で埋まり、押され押されて歩き続けた。新橋の浜離宮の茂みの下で少し休み、火の粉の下をくぐって線路道にのぼり、大井町の知人宅まで逃れた。途中、傾いた電車の中で仮眠。同年九月十日ごろ、伯母の実家の神奈川県小田中（現在川崎市）の農家にあずけられ、その土地の小学校（鎮守の森に隣接していた）に入学。一カ月ほどで、焼け跡のバラック建ての家に帰る。東華小学校に。机、椅子もなく、むしろを敷いての授業。（9歳）

一九二五年（大正十四年）ラジオ放送はじまる。受信機はレシーバーで聴く鉱石ラジオ。午後三時の「子供の時間」、巌谷小波《さざなみ》の童話、民話を聞くのが楽しみだった。「赤い鳥」を読みはじめたのもこの頃。「赤い鳥」によって行分けの形（童謡）を知り、真似て書きはじめる。夏休みの宿題に、十篇ほど書いたものをとじて詩集として出したが、先生は「変な子」と言われただけだっ

た。（11歳）
一九二七年（昭和二年）小学校卒。旧制跡見女学校入学。短歌の時間があり、古今、新古今の講義を受けたが〝相聞〟の章の講義はなかった。（13歳）昭和七年卒業。
一九二九年（昭和四年）少女対象の文芸誌「すずらん」という小冊子を友に見せられて、詩と短歌の投稿をはじめる。（15歳）
一九三一年（昭和六年）「すずらん」の投稿仲間が「こころ」という同人誌を発行、同人の一人となる。編集発行者は新潟高田（現在上越市）の「いのぎれい」（筆名）。当時はみなペンネームを使っていて「紅実さん」「夕べの鐘さん」「青銅さん」など、ペンネームで呼び合っていた。「こころ」は昭和十一年まで続いたが、戦争で廃刊。（17歳）
一九三四年（昭和九年）結婚。商事会社の夫の任地のハルビンに。（20歳）
一九三五年（昭和十年）長女純江生まれる。（21歳）
一九三六年（昭和十一年）ハルビンから天津に。（22歳）
一九三七年（昭和十二年）蘆溝橋事件。（23歳）
一九三九年（昭和十四年）大阪に。（25歳）
一九四一年（昭和十六年）次女喜佐生まれる。同年東京に。（27歳）
一九四二年（昭和十七年）台湾高雄に。（28歳）
一九四三年（昭和十八年）長男邦雄生まれる。（29歳）昭和十八年―二十年、疎開のため、嘉義、員林に。（30歳）
一九四五年（昭和二十年）終戦、高雄にもどる。（31歳）
一九四六年（昭和二十一年）四月、引揚、東京に。杉並区の母の住まいに身をよせる。（32歳）
一九四七年（昭和二十二年）ごろ、本屋の店頭で「若草」を見る。詩の欄の選者は堀口大學。（33歳）
一九四八年（昭和二十三年）三月、諏訪町一二七に家を持ち現在に至る。モダニズムの詩人長田恒雄氏を囲むグループ「コットン」に入る。毎週一回の集まりの場所は銀座電通通りにあった「キムラヤ」。「コットン」は、ザラ紙謄写版刷り4ページの作品集を出していた。紙のない時代だった。この集まりに時折り村野四郎氏が来られた。（34歳）

一九四九年（昭和二十四年）「若草」に勇気を出して投稿「夜のフラスコの底に」、旧姓塩田とし子の名で。十月号の入選トップに出ていたことで、もう一度投稿「青い裸像」、十二月号に入選。この二回の投稿の時の選者は北川冬彦氏。投稿はこの二回で止める。「コットン」のモダニズムの手法が、むずかしく、その心細さのための投稿だったので。入選したことで書き続けてゆく勇気を持つことが出来た。この少し後だったと思う。「コットン」の集まりに来られた村野四郎氏が、私の作品「都会」をカバンに入れられて帰られ、「詩学」の研究会作品欄に出して下さった。（35歳）

一九五〇年（昭和二十五年）五月、「現代詩研究」創刊。「コットン」の人達で待望の同人誌を持つことが出来たのだった。（36歳）

一九五一年（昭和二十六年）末「現代詩研究」を退く。モダニズムの手法に疲れて、詩作を止めたくなったのだった。（37歳）

一九五二年（昭和二十七年）笹澤美明氏の紹介によって「日本未来派」（主宰者池田克己氏）同人に加えていただく。48号より。（38歳）

一九五四年（昭和二十九年）第一詩集『雪花石膏《アラハスタ》』（日本未来派発行所刊）。（40歳）

一九五五年（昭和三十年）中村千尾、内山登美子、山下千江、高田敏子の女四人の詩誌「ＪＡＵＮＥ」創刊。自由な発表の場として。終刊一九五九年十一月の九号。詩集『人体聖堂』（日本未来派の会刊）（41歳）

一九五九年（昭和三十四年）春、脊髄腫瘍の手術。十二月、安西均氏と「銀婚」創刊。十号まで（一九六三年十一月終刊）。（45歳）

一九六〇年（昭和三十五年）「日本未来派」をやめる。三月より朝日新聞家庭欄に毎週月曜日、写真付きの詩の連載はじまる。三十八年末まで続く。（46歳）

一九六一年（昭和三十六年）朝日新聞の詩の連載により、第一回武内俊子賞を受ける。この賞はこの一回だけで終わる。（47歳）

一九六二年（昭和三十七年）『月曜日の詩集』（河出書房新社刊）。（48歳）

一九六三年（昭和三十八年）合唱組曲「嫁ぐ娘に」（作

曲三善晃氏）により、昭和三十七年度第十七回芸術祭奨励賞（制作朝日放送）。「山の樹」（主宰者鈴木亨氏）同人になる。十九号より一九八四年五十八号終刊まで所属。『続月曜日の詩集』（河出書房新社刊）（49歳）

一九六六年（昭和四十一年）朝日新聞連載の詩がきっかけとなり、だれでも入れる詩誌「野火」を、「生活と詩を結ぶ野火の会」刊として一月に創刊、隔月発行とする。『にちよう日／母と子の詩集』（あすなろ書房刊）。（52歳）

一九六七年（昭和四十二年）安西均氏と共著『詩歌でつずる女の一生』（教養文庫・社会思想社刊）。詩集『藤』（昭森社刊）。『藤』により第七回室生犀星賞。「銀婚」、「野火」に連載した散文がエッセイ集『いつの日も愛の詩を』（大泉書店刊）となる。『月曜日の詩集』（あすなろ書房刊）。（53歳）

一九六八年（昭和四十三年）作詩と鑑賞『詩をたのしく』（主婦の友社刊）。童話『おやつのあとで』（あすなろ書房刊）。『おやすみなさい子どもたちⅠ・Ⅱ』（あすなろ書房刊）。『日本のわらべうた』（さ・え・ら書房刊）。（54歳）

一九六九年（昭和四十四年）合唱組曲「五つの童画」（作曲三善晃氏）により、昭和四十三年度第二十三回芸術祭奨励賞（制作ＮＨＫ）。詩集『愛のバラード』（山梨シルクセンター出版部刊）。（55歳）

一九七一年（昭和四十六年）詩集『砂漠のロバ』（サンリオ出版刊）。（57歳）

一九七二年（昭和四十七年）合唱組曲「飛翔」（作曲南弘明氏）により、昭和四十六年度第二十六回芸術祭優秀賞（制作ＮＨＫ）。エッセイ集『娘に伝えたいこと』（大和書房刊）。童話『とんでっちゃったねこ』（講談社刊）。中学生のための作詩と鑑賞『詩の世界』（ポプラ社刊）。エッセイ集『ひとりの午後』（ＰＨＰ刊）。（58歳）

一九七四年（昭和四十九年）童話『きのいちねん』（学習研究社刊）。詩集『あなたに』（サンリオ出版刊）。『月曜日の詩集』（サンリオギフト文庫版刊）。昭和四十九年より二年間東京新聞家庭欄に毎週一回「花のある朝」の総タイトルで詩の連載、花の写真は白籏史朗氏（の

ち『季節の詩＊季節の花』に）。（60歳）
一九七五年（昭和五十年）エッセイ集『やさしさから生まれるもの』（大和書房刊）、詩集『可愛い仲間たち』（サンリオ出版刊）。（61歳）
一九七六年（昭和五十一年）詩集『むらさきの花』（花神社刊）エッセイ集『愛されるあなたに』（ダイヤモンド社刊）。（62歳）
一九七七年（昭和五十二年）白簱史朗氏の写真と組合わせで『季節の詩＊季節の花』（山と渓谷社刊）。エッセイ集『嫁ぎゆく娘に』（大和書房刊）。（63歳）
一九七八年（昭和五十三年）ジュニア・ポエム叢書・詩集『枯れ葉と星』（教育出版センター刊）。童話『あめのひのおはなし』（学習研究社刊）。『高田敏子詩集Ⅰ』（花神社刊）。（64歳）
一九七九年（昭和五十四年）エッセイ集『娘への大切なおくりもの』（大和書房刊）。新潟日報家庭欄に毎週一回で二年間の詩の連載はじまる（のち詩集『こぶしの花』に）。（65歳）
一九八〇年（昭和五十五年）詩集『薔薇の木』（花神社刊）。（66歳）
一九八一年（昭和五十六年）詩集『野草の素顔』（東京新聞出版局刊）。『こぶしの花』（花神社刊）。（67歳）
一九八二年（昭和五十七年）「野火」一〇〇号記念祝賀会を帝国ホテルで。エッセイ集『ひとりの午後』（旺文社文庫版刊）。『高田敏子詩集Ⅱ』（花神社刊）。（68歳）
一九八四年（昭和五十九年）『藤』（沖積舎刊）。（70歳）
一九八五年（昭和六十年）「野火」二十周年記念祝賀会を京王プラザホテルで。詩集『夢の手』（花神社刊）。（71歳）
一九八六年（昭和六十一年）『夢の手』で第十回現代詩女流賞を受ける。たびたび中国旅行をしたことから、伊藤桂一氏と共に詩誌「桃花鳥」創刊（日中友好野火の会刊）。平成元年十一月、七号を高田敏子追悼号として終わる。（72歳）
一九八八年（昭和六十三年）『英訳高田敏子詩集』（千田明夫訳）（ごびあん書房刊）。童詩『おかあさんのそばがだいすき』切絵・田代耕司氏、装幀・森島紘氏（ペイラム社刊）。（74歳）

一九八九年（平成元年）詩にかかわるこれまでの活動にたいして第三回ダイヤモンドレディ賞受賞。五月二十八日、病没。享年七十四歳。二十三年余り続いた「野火」は五月、一四一号を以て終刊。『高田敏子全詩集』（花神社刊）。エッセイ集『娘におくる言葉』（大和書房刊）。

一九九〇年（平成二年）千葉県館山市安房自然村に「布良海岸」の詩碑、東京都新宿区立諏訪公園に「かくれんぼ」の詩碑が建立される。

一九九一年（平成三年）遺稿詩集『その木について』（新川和江編・花神社刊）

一九九二年（平成四年）童話『こんにちはおひさま』（女子パウロ会刊）

一九九四年（平成六年）新宿区立新宿歴史博物館に於いて平成五年度企画展「諏訪の森の詩―高田敏子の世界―」開催。『高田敏子詩集』（新川和江編・花神社刊）。

二〇〇一年（平成十三年）『日本現代詩文庫106高田敏子詩集』（土曜美術社出版販売刊）

新・日本現代詩文庫　31　新編　高田《たかだ》敏子《としこ》詩集

発　行――二〇〇五年六月二十五日　初版
著　者――高田敏子
装　幀――斉藤　綾
発行者――高木祐子
発行所――土曜美術社出版販売
〒169-0051　東京都新宿区西早稲田三―三一―八
電　話　〇三（五二二八）〇七三〇
FAX　〇三（五二二八）〇七三二
郵便振替　〇〇一六〇―九―七五六九〇九

印刷・製本　モリモト印刷

ISBN4-8120-1484-0　C0192